U1007813

北岳诗库

孔令剑

— 主编 —

时间之上

ZHAO JIANXIONG
WORKS

赵建雄——著

山西出版传媒集团 北岳文艺出版社
BEIYUE LITERATURE & ART PUBLISHING HOUSE
·太原·

图书在版编目（CIP）数据

时间之上 / 赵建雄著．—太原：北岳文艺出版社，2018.8
（北岳诗库 / 孔令剑主编）
ISBN 978-7-5378-5660-7

Ⅰ．①时… Ⅱ．①赵… Ⅲ．①诗集－中国－当代
Ⅳ．① I227

中国版本图书馆 CIP 数据核字（2018）第 183031 号

书　　名：时间之上
著　　者：赵建雄
策　　划：续小强
责任编辑：李建华
书籍设计：张永文
印装监制：巩　璠

出版发行：山西出版传媒集团・北岳文艺出版社
地　　址：山西省太原市并州南路 57 号
邮　　编：030012
电　　话：0351-5628696（发行部）
　　　　　0351-5628688（总编室）
传　　真：0351-5628680
网　　址：http://www.bywy.com
E - mail：bywycbs@163.com
经 销 商：新华书店
印刷装订：山西万佳印业有限公司

开　　本：890mm×1240mm　1/32
字　　数：156 千字
印　　张：7.25
版　　次：2018 年 8 月第 1 版
印　　次：2021 年 1 月山西第 2 次印刷
书　　号：ISBN 978-7-5378-5660-7
定　　价：39.00 元

本书版权为本社独家所有，未经本社同意不得转载、摘编或复制

策划人语

“诗歌出版”是北岳文艺出版社的重要传统。前有“黑皮诗丛”，后有“天星诗库”，皆为中国当代诗歌杰出诗人之重要出发地。更有“外国名诗珍藏”，如今依然为广大诗歌爱好者所珍赏。

“北岳诗库”赓续如此光荣传统，其目光聚焦山西诗歌这一繁盛沃土，其旨在于不间断展示山西诗歌创作实绩，更瞩望为山西诗人造一清静小园。

“北岳诗库”，是我们探求共建共享出版模式的开端。大风吹宇宙，红日照高山。祈愿“北岳诗库”，如恒山一般，巍然耸立。

续小强

2018 年 2 月 2 日

时间是每个人的十字架。

——亨利·查尔斯·布考斯基

时间之外，一切终将归于虚无。

——让·保罗·萨特

让我们诗意地生活

（序 一）

◎杜学文

赵建雄在他的新诗集《时间之上》的后记中写道：让我们诗意地生活。因为，“诗歌是人类精神生活的灯塔，是人类语言智慧的闪光。诗歌也是人的精神滋补。好的诗歌能抵达人的心灵，能够成为人们的精神归宿，成为人们前行的烛光。”这是诗人对诗的理解，也是诗的价值所在。

诗是怎样产生的？它与人类生活有着怎样的联系、意义？这好像是一个简单的问题，但却也是一个极为重要的问题。从某种角度讲，这似乎与人的存在、价值有着至为密切的关系。当人类的第一首诗出现的时候，它当然是语言的，但更是情感的。人类能不能没有诗，或者不用诗来完成诗所能够完成的使命、承担的价值？回答当然是否定的。因为，我们如果假设人类可以没有诗，就把人类的生命存在同化于其他的生命体。人类之所以是更高级的生命存在，并不仅仅因为人类具备了比一般生命更高的智慧、能力，同时也因为人类具备了比一般生命更丰富多样的情感表达方式。就智慧与能力而言，在许多方面人类并不一定就比其他生命更高级。比如飞翔，人类不可能比鹰飞得更高更远，甚至也不可能比家禽飞得更好。人类之所以能够“飞翔”，必须借助飞行器，而不是自己本身。人类也不可能具有比海底生物更强的潜水能力。即使是借助于潜水器，或者最先进的潜艇，也只能是有限的。所以，单纯就能力与智慧言，自然界有很多生物远比人类高明。与它们的某一方面相比，人类只能是低能儿。人类之所以能够成为高级生物，是因为两方面的原因。一是在能力与智慧方面，人类虽然并不具备其他生物所具有的某一种能力，但是，人类具备了一种综合性能力——就是可以把各种相对低或者自己本身并没有的能力协调组织起来，形成高于一般能力的“能力”。这使人类能够达到一般生物达不到的境界。比如，人类虽然不可能比鹰飞得更高更远，但是人类却能够制造各种飞行器，包括宇宙飞船，帮助人类飞向太空。这是任何鹰都不可能做到的。这种人类所具备的特质，主要是作用于物质的，或者说外在存在的。人类之所以成为比一般生物更高级的存在，还有一个极为重要的原因是由于人类具备了能够表达复杂情感的现实性——形式的多样性，内容的丰富性，以及情感深度的可能性。比如，人类可以呼喊，这可能是表达情感最基本、最初级的方式，其他生物似乎也具有这样的能力。但是，除此之外，人类还可以用复杂的语言方式、丰富的艺术形式，包括舞蹈、音乐、绘画、雕塑等来表达自己的情感。同时，这种表达由于具体的个人所拥有的生活经历、教育方式、物质条件，以及天赋的不同而表现出复杂性。具有更好基础的个人，可能其表达的形式更动人，更具有魅力，更能触动人的灵魂。相对于前面所述之综合性的能力而言，这种情感的表达能力更主要的是作用于内心的，或者说精神领域的。在诸多的情感表达方式中，诗是最便捷、最精确、最具普遍性与深刻性的方式，因而也是最有价值的方式。其与人类的存在言，具有一种根本性意义。我们或者可以这样说，如果人类没有诗，就使自己的情感表达受到极大的限制，或者说陷落。因此也就使人类失去了区别于其他生物的重要特质。从某种意义言，如果没有诗，人类很可能陷落为与其他生物一样的存在。这样的判断似乎有点危言耸听，但实际上有其合理性甚至必然性。当生命存在面对给予自己存在的大自然表达出深沉的感慨时，雄狮可以长啸，飞鸟可以啁啾。这大概就是它们最美好的表达方式了。但是，我们的先祖却这样说，“南风之熏兮，可以解吾民之愠兮！”这种抒发是其他生物无论如何也难以企及的。其中的高下也是极为明显的。所以，我们就能够看到，诗是怎样塑造了人类，并成为人类不可或缺的存在方式。或者换一种说法，如果人类没有诗，也就不是人类了。

这就是说，对于人类而言，其生命存在状态不论是怎样的，其中必然包含诗的成分。而且，这种包含不是可有可无的、外在的、包装式的，而是本质的、不能或缺的。“让我们诗意地生活”，就是要唤醒在现代化大潮冲击下的人们，不要迷失了自己的本真，不要陷落到物质的迷狂之中。随着科学技术的不断进步，人类逐渐对技术产生了依赖，而对自己作为人的“本性”的情感产生了遮蔽，人文的、精神的、情感的东西被日益凶猛的物质欲望所冲击。现代化，这一对人类来说又爱又恨的现实，正在与人类的理性、良知进行着一场异常特殊的博弈。一方面，我们要实现现代化。因为现代化可以使人类的物质生活更便捷、更多样、更丰富。这当然是非常好的一件事。但是，现代化也使人类本来具备的人文情怀蜕化。人们似乎更重视外在的获取，希望占有更现代的各种工具、设备享乐。物质欲望的不断膨胀，使人失去了越来越多的幸福感。人，逐渐演变成一种数字符号，演变成条码。现代化又可能使人异化为一种物质意义的技术。在现代化的浪潮席卷人类生活的各个领域——公共的、私人的，空间的、时间的，外在的、内心的等等时，人怎样才能找回自己？用什么才能使人回归到人的状态？我们并不绝望。因为我们还有诗。所以，赵建雄重申，“让我们诗意地生活”。由此看来，诗歌实际上不再是诗歌，而是拯救人类的一种可能。

赵建雄的诗大致可以分为两类。一类是他所表达的对大自然的内心感受，另一类是他所抒写的关于个人存在与社会的表达。而这两种实际上又可以归纳至人的生命状态的表现之中。在赵建雄的《时间之上》中，有相当一部分是关于诗人对自然感受体悟的作品。这仅仅从其诗作的名称上也可以看出来。如《从冬天到春天》《孤傲的夏天正在来临》《今夜，我面对一棵小树》等等。在这些诗作中，诗人显得惆怅而多情。其中暗含着对于生命的某种忧伤，以及来自生命内里的温暖。当春天悄悄地来临的时候，敏感的诗人察觉到了大自然隐秘的变化。“寒风累了，气息奄奄”。这是深冬的渐退使曾经肆虐的寒风不再。而大自然中的生灵也在发生着变化。“鸟儿改变了翅膀的方向，朝北歌唱”，“所有的绿色已经怀孕，蠕动胎盘”等等，这些都是在春天即将来临时被诗人感受到的蕴含着生命律动的自然。不过，如果诗人仅仅局限在对这种感受的表达上，可能会使自己的诗处于一种简单平面的状态。在诗的结尾，诗人写道，“炕头上，老母亲盘腿而坐，她说/门开着吧！五九六九，该去河边看看”（《从冬天到春天》）。诗中，老母亲的出现使大自然生命的内涵表现出极大的丰富性。就是说，这种从冬至春的演变并不仅仅是类似于鸟、草等生命能够感受到的，而是包括具有自然灵性的人类生命也同样能够感受到的。重要的是，这种感受并不是来自于人的瞬时知觉，而是源于人类在漫长文化积累中形成的认知。《今夜，我面对一棵小树》似乎描写了寒夜中诗人“我”在对“小树”的观照中产生的生命体验。这就是由于“在瑟瑟寒风中挺立”的小树与同样在寒风的暗夜中孤坐的诗人产生了某种生命的共鸣。诗人在这种观照中把小树幻化为“人”，“给我灿烂的笑，如同夜空的妩媚/跟我说着悄悄话，敞开心扉/夜色轻柔，月光是它舒长的臂”。因而，即使是寒夜，“我的幸福潜滋暗长”。因为有了小树的存在，使诗人生命状态发生了改变、升华。那种由寒夜而来的晦涩、压抑、孤独被小树的出现打破了。当个体人的生命与客体树的生命产生了同感交融之后，人与自然之间的关系也发生了改变。

在另一些诗中，赵建雄表达了自己对个人与社会之间的关系的充沛诗情。其中一些尽管诗人表达的起源是某一事件，但似乎也可以看作与爱情有关，或者也可以说是一种“爱的表达”，比如他关于“桃花”的一些诗作。又如《再致梨花》，显然与诗人参加某地的梨花诗会有关。因而我们可以说这是诗人关于诗会的一次写作。但是，在诗人表达的关于梨花的诗句中，我们似乎能够感受到超越具体的梨花之外的对爱的倾诉。“可是，梨花，你不是一朵/你这一片一片地开，一

片一片地合 / 我不知道，哪一朵与我心心相印 //……你跳跃成枝头灼白的火焰 / 张扬出空中一层层温暖的白云 / 我只想躺在你怀里，泪水盈盈”。在《端午致屈子》中，赵建雄表达了对远去的诗人发自内心的追念。“今夜注定无眠。我站在孤寂的夜空下，遥望南方 / 陪伴我的，是自南而北的风，还有清凉的月亮 / 月是残缺的半圆，一半挂在空中，一半挂在汨罗江畔”。作者追思诗人内心的辽阔，“正如你的祖国”，感受诗人的爱“如此博大”，“流淌了两千三百多年”。在这时间与空间的交融之中，一位伟大的诗人终于钙化“成一座永久的诗碑。楚山湘水，图腾璀璨 / 你曾经绝望的宇宙天空，信念和光明，繁星点点”。赵建雄似乎要与不朽之诗人对谈，要完成这位永恒诗人内心的愿念，并告诉伟大的屈原，曾经的绝望已经转化为今天的信念。两千多年前诗人的精神血脉仍然在今天的诗人身上流淌。

关于怀念屈原的诗，亦可说汗牛充栋。如何在这样的诗歌语境中别出新意，是对诗人创造力与想象力的考验。实际上，就赵建雄言，他的诗所写之客观对象均不鲜见。稍一不慎就可能落入窠臼，成为无意义的话语重复。但是，我们读赵建雄的诗，毫无疑问仍然能够体验出某种新鲜的意境，表达出触动人心的内涵。我以为这种艺术魅力主要源于这样几点。一是赵建雄的语感极好，可以说意象翻新，异彩纷呈。他在不自觉中把人们熟见的事物以极具个性化的言语表达出来，且自然贴切，毫无做作之处。以对屈原的追念言，赵建雄写道，“你依然端坐江底，灵魂早已钙化 / 成一座永久的诗碑”。赵建雄没有简单批判什么，指斥什么；也没有轻薄地赞美什么，歌颂什么，而是在诗中注入了个人的某种思考与体验，并转化为语言的意象。他不是说屈原沉入江底，而是说屈原“端坐江底”；不是强调其肉体的消逝，而是塑造其精神的“钙化”。这种意象的运用是非常具有诗意并体现出某种深意的。赵建雄的诗似乎也在不经意之间追求一种超越具象的哲理意味。在很多地方，他表现出一种判断的矛盾统一体。在表面的矛盾中揭示出内在的统一。同时，他也努力把自己感悟的事物、意象置于一种时空的背景之中。这一点也许是他有意为之。当我知道他的新诗集名为《时间之上》时，有些困惑。不懂他为什么要用这样一个颇具玄理意味的书名。而当我阅读了他的诗后，非常突出地感到了他的诗中关于时间意义的存在，以及弱于时间的空间感的追求。这就使他的诗具备了一种立体的美学效应，能够触动读者的内心。当然，我还不能说，他的诗具有深刻的哲学意味与普遍性。我只是说，在他的诗中已经表现出具有这种品格的可能性。在这里，我不能对他的创作提出什么建设性的意见。但是，我相信他具有能够超越一般诗歌的创造力。总的来说，他的诗超出了我的预期，并且具备了更为广阔的艺术可能性。他的诗也可以让我们非常具体地感受到，正是因为诗的存在，才使我们能够表现出生命的多姿多彩、活色生香。我们的情感，那种隐秘的、潜伏的，但却是真实地、强烈地存在的生命状态才焕发出原本的意义与价值。所以，让我们诗意地生活！

2017 年 2 月 26 日

（杜学文，山西省作家协会党组书记、主席，著名评论家。）

时间之上：新诗的生命线

（序 二）

◎马晋乾

与青年诗人赵建雄相处近二十年了，我对他对新诗追求的程度也是逐渐认识的。最初的感觉是他对诗很投入，虽然与我已经很熟悉了。他无论来我这里，还是与我电话、短信、微信联系，从来没有诗以外的事情，仿佛诗就是他生活的圆心，生活就是围绕诗旋转。后来知道他有自己的诗歌理念，那是2010年春，他的第一本诗集《零度左右》出版后，正如这本诗集的书名所昭示的，他追求的是诗的真实、客观、自然、不随风。原来他在用作品践行自己的诗歌理念。而我对建雄的真正认识，该是止于这本即将付梓的诗集《时间之上》。正如他在这本诗集的“后记”《让我们诗意地生活着》中所言，“作品是否具有勃勃恒久的生机，也许时间，也只有时间，才是最公正的裁判”，原来诗人的全部努力，都是为了实现让自己的作品能够跨上时间的骏马流传下去的这个理想。

让作品能够流传，本来也是古今文学家共同的理想。《左传·襄公二十四年》述及，“太上有立德，其次有立功，其次有立言，虽久不废，此之谓不朽。”它看重“立言”，就是看重生命的“不朽”，说白了，就是因为知道生命有限，期望通过自己作品表达的善美的思想情感保存下来，能使自己的名声也随其传之久远，即以作品价值的永恒赢得生命价值的永恒。文人的这一追求之所以也被历代社会推崇，也是因为它能使个人与社会实现双赢，即作品中所蕴含的鲜活的思想感情，既有利于人的心灵的智慧与健康，又有利于社会的和谐与文明。在我看来，一个正常的社会就像春天的田野，总是欢迎每一粒种子都能充满自信，勇敢地冒尖、出头，在田野自由、平等的环境中，让它们为各自生命的价值竞争。正是这种鼓励、扶植个体生命价值的大自然，却使大自然总是充满勃勃生机，到处是芬芳、丰硕、繁荣。所以，诗和一切文学艺术作品一样，作者必须以它能够流传为理想。能够流传的诗，一定是读者喜欢的诗，因为只有一代代读者，才是传送诗的时间骏马的“马路”。所以，只有被当今读者喜欢的诗，才有可能被一代代读者喜欢，才有可能在实现诗永恒的价值的同时，实现诗人生命的价值，使诗人“不朽”。这，也许正是青年诗人建雄生活的真正“圆心”。

但是，当今诗坛的那些诗能流传吗？它并没有真正意义上的读者。所谓读者，就像棋牌馆的看客，实际上就是等着“上场”的作者。虽然诗报、诗刊、诗集出版不少，却是报刊亭不卖、图书馆不进、大小书店不要，这就出现了一种怪状，被视为“国家最珍贵的宝石”的诗，竟成了一种最没有价值的劳动：不少诗报诗刊为了能生存下去，给作者发表作品不付稿酬，有的甚至要求作者自购样报样刊或支付版面费；一些诗选本选诗更是以要求作者购买一定数量的诗集为前提，而作者的诗集在自费出版后大多没有销售渠道，也只能靠送人“发行”。想想，这样的境遇，这些诗，谈何流传？根本就没有上“马”。当然，也不能说当今诗坛就绝对没有好诗，只是由于它数量不多且埋没在这些大量的不被读者喜欢的诗里，没有读者会为读到一首好诗去“沙里淘金”。面对当今如沙滩的诗坛，诗人建雄把应有的诗歌理想作为书名，亮亮堂堂地放在封面上，我不认为他只是把它作为座右铭在时时警策自己，同时也是在向诗坛敲响警钟：没有读者的中国新诗到了最危险的时候！诗必须有读者，才能够跨在时间的马背上流传下去，才会有生命。否则，再多的出生也都是死亡。

那么，当今的新诗为什么没有读者？我认为，诗的内容和形式，以及一些与此相应的所谓“先锋”理念，都有问题。

脱离现实，是当今许多新诗的主要问题。因为读者生活在现实中，最需要的是从诗中获得对他们现实生活的关切，获得像“心灵之火”般的诗，能“点燃、温暖、照亮”他们的心灵（列·托尔斯泰）。但当今诗坛鲜有这样的诗，更让人奇怪的是，虽然随着人类社会的进步，读者的思想、价值观、社会观、时空观也在变化，我们不仅看不到表达对这种变化的感受和思考的诗，甚至竟出现了诗人面对社会转型期出现的官场腐败、贫富悬殊、强力拆迁、司法不公、环境破坏等诸多问题的集体沉默。而我们看到的“主流诗”，则是如梦呓般的，让人不知所云的晦涩诗。读者远离它，是远离它对精神的折磨。让人不可理解的是对这种远离读者需求的诗，竟有诗人说，对诗歌好不好的判断“主要依赖有专业水准的那一批人，而不是大众”。还有诗人竟然擎起了“不迎合市场”的旗帜。诗的市场在哪里？当然是读者。原来这些晦涩诗的理论家和作者，心里本来就没有读者。面对这种“主流诗”，著名诗歌理论家臧棣先生则教导读者：诗“读不懂没有关系，先把它放在那儿，一个文本一旦能给你带来挑战，带来陌生感，这种异样的感觉本身就很好”（2013年6月30日《羊城晚报》）。这是只有像臧棣先生这样的诗歌研究者的需要，读者不是诗歌研究者，不是有闲阶层，只需要在诗中获得愉悦、感染和启迪。诗学理论任何时候都是多元共存的，但无论何种理论都应在诗人的创作实践中找到它的读者。否则，这理论就没有任何意义，只会使本该生长读者喜欢的诗的诗国的土地，更加板结。

当然，当今诗坛还有口水诗、下半身诗和惯性诗等，他们或为哗众取宠，或为达到某种私欲，因为它们明显离开了诗的善美本质，所离读者的需求也就更远。建雄的一首《诗人》，也许就是对这种乱象的嘲讽和抗议。这里不再赘言。

中国诗歌有现实主义传统，但也不乏浪漫主义作品。为满足不同读者的不同需求，诗，应该是多样的。在我看来，无论是诗的浪漫主义，还是现代主义或其他什么主义，都源自现实，只不过是现实这面镜子的反光或折光，都不应该让读者如读天书一样感到迷茫、憋闷。比如被称为浪漫主义诗人的李白，他的著名诗篇《梦游天姥吟留别》，虽然内容是游仙的，所表达的，仍然是他现实生活中不愿为达到政治目的而逢迎权贵的思想感情，那“安能摧眉折腰事权贵，使我不得开心颜”的人格光辉，仍然是在烛照现实。诗是个人化的东西，是社会、生命、生活的自我启示，写它的目的是为提升自己和读者的精神境界，如果不能让读者领悟，读者就不需要，就没有社会价值，自然也就没有经济价值。比如，建雄的《叛逆者》，“树梢上，鱼儿飞来飞去 / 鸟的翅膀穿上木屐 / 山体在云的怀抱里打颤 / 河流越过桥面，静静落泪 // 窗玻璃破碎。一张脸 / 探出来，嘴唇咬住时间 / 祈祷的声音很忙乱 / 自由被绑架在灰白的墙上”。这一首诗，并不难懂，从形式上看，是十分隐喻的；但从内容上看，却又是非常现实的。诗中他所表达的，是浪漫情怀背后对现实的反抗和“背叛”。所以说，诗和读者的关系也似鱼水关系：诗的读者可以是大众，也可以是小众，甚至是小小众，诗之鱼可以活在大江里，也可以活着小河里，甚至小溪里，就是不能没有水。不需要“水”的“鱼”或没有“水”的“鱼”，必定都是“死鱼”。

新诗在形式上的主要问题是不讲格律，即读者普遍认为新诗不是诗，写作无难度，只是“分行的散文”。这也是20世纪90年代后旧体诗词重又热闹起来的原因。我认为，新诗的散文化问题与新诗又称作自由诗有关，实质是如何看待新诗“自由”的问题。我始终认为：“中国新诗的诞生是中国诗歌变革史上最伟大的成果，因为在这之前的所有变革，都需遵守共同的格律。共同的格律如统制模型，无论诗人有怎样的生活感受，诗的内容是多是少，都必须在这模型里接受或压缩或膨胀的酷刑。新诗的自由是诗人可根据每首诗的内容自由地创造适合每首诗的格律，就像绿色生命的每一株树每一棵草每一根藤，或高或矮或长或短或粗或细，甚至枝的分布与朝向、叶的大小和疏密、花的色彩和形状，都是内容与形式融为一体的‘这一个’，是生命的完美造型”。可以说，中国诗歌是直到新诗诞生，才回到一切艺术都是内容决定形式的铁律中。新诗虽然诞生只有百年，符合这一铁律的诗并不鲜见，如郭沫若的《女神》、闻一多的《死水》、徐志摩的《再别康桥》、朱湘的《采莲曲》、戴望舒的《雨巷》、林徽因的《你是人间四月天》、卞之琳的《断章》、余光中的《乡愁》、牛汉的《华南虎》《悼念一棵树》、流沙河的组诗《故园九咏》、北岛的《回答》、顾城的《远和近》、周涛的《野马群》……不一而足。这些被读者喜欢的新诗，有的押韵，有的不押韵，只是该押韵时押韵，不该押韵时不押韵；有的分节，有的不分节；有的每节行数一样，有的不一样；有的有几节行数一样，有的节数不一样……但它们共同的特点是都讲究心灵的节奏，都讲究为内容服务。比如：臧克家1945年发表的诗《人民是什么》，全诗共五节，前四节都是四行，最后一节却是三行，第一节就不押韵："人民是什么？/人民是面旗帜吗？/用时把它高高举着，/用不着了，便把它卷起来。"我曾试着把第四行改得也押韵，如"用不着了，就让它解甲"或"用不着了，就把它捆扎"，但都觉得没有比原句更能为内容服务，更能准确、自然地表达诗人的思想。而第二节却是押韵的："人民是什么？/人民是一顶破毡帽吗？/需要了，把它顶在头顶上，/不需要的时候，把它踏在脚底下。"显然，诗人是希求能押韵时尽量押韵的，但仍以准确、自然地为内容服务为前提。也正是这样，第三节押韵，第四节又不押韵。而最后一节虽然只有三行，却是押韵的："人民是什么？人民是什么？/这用不着我来告诉，/他们在用行动作着回答！"第一行连着两问"人民是什么"，让人感到的是诗人正义的、如鼓点般铿铿锵锵的愤懑；而最后一行“他们在用行动作着回答”，由于既押韵又含蓄，则既增强全诗“豹尾”般的力度，又拓展了读者对人民正如火如荼地反抗的想象。它只有三行，是因为到此已淋漓尽致地揭露了国民党反动政府为人民的假象和必然的下场，用不着为每节都是四行画蛇添足。

遗憾的是，当今诗坛的许多新诗并没有从这些读者喜欢的诗中汲取经验。

这便使我更看重青年诗人建雄在这方面的清醒。我欣喜地看到，他的这些诗几乎都是在表达对现实的感受。有的是对社会现实的感受，如《返乡农民工》，那“双手像即将进入／冬眠的蛇／在一层层蜕去／粗糙的皮／辛苦一年的劳动所得／大部分还／装在别人的口袋里”的诗句，犹如倾听诗人对社会不公的呼喊。有的是对生活现实的感受，如《找一个人亲切交谈是多么不容易》：“这个季节／太阳温暖／最适合暴晒心思／每个人都应该／打开窗户，或者打开门／去夏天里走走。我们／到山坡上到小河边／到树林里，甚至公园／广场，人来人往的马路间／遇到人，熟悉、陌生的／点点头，给个笑脸／打声招呼。如果可以／就停下来，说说家常话／／可是／世界这么大／想找一个人亲切地交谈／是多么不容易”。在这个人人为生存为利益奔波的生活中，表达了诗人渴望倾诉、渴望交流、渴望人与人之间的和谐与心心相印的思想感情。它是新的生活环境中顾城《远和近》的又一版本。有的是对心灵现实的感受，如《怀念》：“我居住在乡下／我有一间旧房子／阳光，风，蝴蝶，麻雀／窸窣的老鼠，流浪的狗……／都可以自由自在地进进出出／花开在屋檐下／猫睡在窗台上／来来往往的邻居都非常熟悉／老围墙。老水井。老磨盘/老柳树。老炊烟。老时光……/隐忍四十年的乳名被妈妈叫着/一口黑色的老铁锅里/淡淡地飘着五谷的浓香”。在世风日下、杂乱隐忍的生活环境中，诗人怀念童年乐趣、怀念农村生活，展现的是他渴望恬静、祥和、自由的心灵。还有，他的《让一条河流慢下来》《故乡》《我的父亲和父亲的村庄》《叛逆者》《我们在黑夜中相互活着》《心血来潮》等等，都是从不同层面体现着诗人对纷繁复杂的现实的关照，以及诗人内心那些强烈的自我思辨。

诗人建雄在诗的形式上也是很下功夫的，除了注重意向、通感、隐喻等手法的运用和诗的结构及语言容量外，也注重为不同的诗创造不同的格律，根据内容的需求处理押韵与不押韵、分节与不分节和每节行数的同于不同。有的断句是令人惊奇的大胆和合理，如《如果擦肩就是别离》一诗中，竟把一句话“你说”放在第一节的最后一行，而把“一切都是虚幻”放在下一节的第一行，这种扩大了的时差，大大加重、突出了诗人看重的“一切都是虚幻”的思想分量。而不少新鲜又饱含思想感情的美句更是令人难忘，如写春天，“……阳光多么奢侈/在铺满金黄和翡翠的大地上/河流，是唯一的闪电//……/洁白的羊群，凌乱在高高的山岗”（《春天，一万个海子归来》）；如写桃花，“开在院墙外/日日夜夜地开/像灵魂开在肉体外”（《三月，爱上一株桃花》）；如写梨花，“三月为界。多少年我与你以美为邻/春风里，有飞雪有冻雨有沙尘/你每一次绽放，都令我更加心疼”（《再致梨花》）；如写雪，“白色的火花，横空出世的爱”（《今冬第一场雪》）；如写雨，“许多往事轻轻一碰便碎了/如同这雨声，轻轻洒落一地”（《雨声》）……这使得其中还有像《我们在黑夜中相互活着》《梦见一只蝴蝶》《在一匹马前》《雨中等待》《你只是我的另一种敌人》《昨天夜晚，天特别黑》《我站成故乡眼中的一滴泪珠》《立冬时分》《心向一棵树》《破译》《雨声》《五月，这沉重的雨水》《秋日午后》《与秋风一起奔走》等不少作品，也都给读者留下了不错的印象。

其实，让“沙滩”回归为读者亲近的诗坛，更离不开一个让读者真正成为诗的主人的环境，即所有的诗报诗刊都在倡导诗需紧贴现实、形式为内容服务中，让那些该死的诗死、该生的诗生。即使暂时没有这样的竞争环境，诗人建雄为自己也为当今诗坛敲响的这一警钟也是振聋发聩的，因为对于诗的真正价值，任何口头的或书面的或物质的褒扬都是空泛的，最终有发言权的，只有一代代读者，他们就是时间本身。

2018 年 1 月

（马晋乾，著名诗人。山西省诗人协会副主席，山西当代中国新诗研究所常务副所长。）

目 录

第一辑　纪念，或倾诉

第二辑 结束，或开始

第三辑　瞬间，或永恒

第四辑　行走，或栖居

第一辑　纪念，或倾诉

春天，一万个海子归来

确切地说，是那一只鸟的叫声
我才相信，春天早就来了
打开慵懒的窗户，面朝大海
把一城阳光，种进心里

你看，三月的风多么轻微
轻得低过脚踝。阳光多么奢侈
在铺满金黄和翡翠的大地上
河流，是唯一的闪电

皲裂的木头，一节节舞动
胸腔里蛰伏的石头
发出声音。我把陈年旧事
揉成五线谱，弹响膨胀的琴弦

鸽子从麦田里飞出。绿色的钥匙
挂在铁栅栏上。矮墙松软
泥土芳香，小草与蝴蝶复活
洁白的羊群，凌乱在高高的山岗

春暖花开。一万个海子
归来。“活在这珍贵的人间
人类和植物一样幸福
爱情和雨水一样幸福”

三月，爱上一株桃花

走进三月
我爱上一株桃花
桃花，是一个女人的名字
（并不是所有女人都叫桃花）
桃花开在院墙外
日日夜夜地开
像灵魂开在肉体外
开得筋疲力尽
开得让人心疼

在乡下
在我老家的院子里
也开着一株桃花
那年，也是三月
父亲栽了她
母亲说，桃花代表希望
她和我的名字一起长大

我出生在三月
桃花就开在我的生日里

每年，点燃生日蜡烛时
桃花开得正艳
开得正旺
开得母亲心花怒放

可是。我
从来不谈三月
也不谈桃花。这桃花
一个妩媚的名字
我怕母亲伤心
怕母亲失望
我只是在聆听
桃花开的时候
母亲一遍一遍地
默念我的名字

偏偏这个三月
我爱上这一株桃花
恬静柔和的三月
她暗香幽发
其实，这一株桃花
一直种在我心中
开在我的生命里

从一朵桃花说起

其实，你可以坐下来
我们面对面，平静地
从一朵桃花说起
说到一座山的荒芜
说到一条河的干涸
说到一场盛宴的闭幕
说到一个故事的结束

你说的是运气、风光、颜色
一座城池、一块领地
甚至一场游戏
我说的是爱情、生活、味道
一种风景、一场仪式
以及一条规律

我们不需要争吵
不需要相提并论
我们心照不宣，相视而笑
其实，我们说的是同一个话题

你看，风一吹过
我就把所有的场景都交给你
只留下这一朵桃花，给自己

纪念，或倾诉

七月，或者九月
不论阴历还是阳历
只因为这一个日子。蜡烛点燃
或礼花绽放之前，一把
古典色的铜锁，封闭
四十个流年，时光轮回
真实，是你最原始的内核
而一把金色钥匙，步步为营
成为打破坚守的秘籍

抵达一颗内心是多么艰难
这一场博弈，不说输赢
只因为这一个日子，所有固执
都心甘情愿地层层剥落
习惯成为一种依赖，便是
岁月一场无休止的牵挂
此事无关风花雪月

只因为这一个日子
山清水秀，天高地厚

长亭孤鸿不再狭路相逢
七弦琴被遗忘在前世里
内心曾经无法吞吐的玫瑰
或苦莱花，都向着爱深深作揖
此时，所有缠绵的词语
穿越你孤独的灵魂，穿越
最柔情最纯洁的部分

如果擦肩就是别离

时光陷进夏天。其实
我所盼望的，并不是
这个季节。我只盼望
夏季的每一天，某一个时刻
信息，一声问候
甚至一个笑脸，在我的
忙碌中闪现。你说

一切都是虚幻。夏天
恒温。谁也不会替谁
把生命延长，更不会
折服天然而生的自由情感
日子不抱有任何奢望
心灵的慰藉，一定是
疗伤最好的药方

生命的记忆不容随意增减
不是想拥有你的一生
只是与你相遇，回眸太短
如果擦肩就是别离，我

情愿，做你影子的俘虏
走过深秋，走进寒冬
一次长长的旅途
一定会有春天

茶事

那天下午我们喝茶
只有两个人：一个是我
一个是你。你莲花手指旋转
茶杯苍白，茶水红肿
茶水从口里吞进
语言从嘴中吐出
搅动的回忆都是苦涩

整个下午都泡在茶杯里
偶尔更换的是茶叶。如同
我们互相讲给对方的故事
沸腾的血液在茶壶中
不断煎熬。只有时间在聆听
一波三折

阳光趴在透明的窗玻璃上
慢慢蠕动，向下，向下……
我的心沉了又沉
当你不说话的时候
街头的一盏灯亮了。像一个

打着手电筒独自行走的孩子

你挪了挪身子。两行清泪
滑进我们刚好举起的
相约干杯的茶盅

梨花：我只为你而生

回归古典的梦境。今天
我终于找到你，在生长诗歌的地方
——中国原平。素洁的梨花
灼伤心口的火焰。我的梦中情人

三千米白发如雪而下
一袭素衣，当空舞动迷人之痛
矜持的岁月，唤醒沉睡的东风
一夜之间，残酷之美，只为我抒情

我还是算计不过你。梨花
就这样，被你悄悄地俘虏一生
此时，我的贫穷，只剩下一张素笺
三尺距离内，高山，流水，琴声里的知音

我拿什么去拥有你？我的心跳
能否换来你旷世的同情
生命的历程中，你我都是匆匆过客
把月亮交给对方，是婚约里彼此的尊重

知足吧！一个缺少爱的七尺男儿
如何抵御你的侠骨仙姿，风情万种
没有谁是故意的。一千次长长的抵达
一万个痴迷的梦：我只为你而生

被你残酷的美丽所伤

——致原平同川梨花

惊诧于你的洁白无染
惊诧于你的辽阔无边
我是第一次来，我只后悔
认识你太晚。我后悔昨夜

把你当作梦中情人。现在
只想把你轻轻打开，成为我
遣词造句的字典。四十八个小时
太过短暂，甚至找不到你的偏旁

你如此厚重，让我左右为难
就用你的部首吧，在甲骨文堆里
我想挑出几个符号，写入我的诗行
费尽心思只有四个字：原平同川

我被你残酷的美丽所伤
中毒太深，还有你心事重重的暗香
春将落幕，我等不及热烈的夏季
今夜，我必揽你细腰，走进爱与婚姻的殿堂

我的王庄

你是因高傲而深沉千年的
国度。是统领愿望之军的王
在我浪迹天涯的心途
你是我的城，你是我的庄
你是十座大山挡不住的
无冕之王

这不只是一个传说。谁
能把历史真实还原
无法猜透的心
无法攻破的底线
那冷漠的语言，以及
无法抗拒的眼神
你在哪里
一个挑剔的王

我心有几十万大军
你说，纸上谈兵
曾经扮演了我的祖先
我也知道，勇气

需要付出昂贵的代价
得到，或者失去
都是为了心的归航

我奉你为王，以你为庄
几千年的期待
几百里的遥望
只为一种美丽，或者
一种沉默的忧伤
进攻只是一种方式
你抵抗，或者
不抵抗。结果
都是我投降

历史惊人地相似
许多荒诞的情节，都是
发生在不经意的瞬间
一次偶然的凝眸
一个浅浅的微笑
都触发一种心领神会的冒险
沧桑之外，你是我的王
你是我的庄
你是我永远的王庄

与一位诗人的N次见面

第一次见面
是白雪漫舞的冬天
我走进你黑色的眼睛
你走进我洁白的诗篇

第二次见面
是年味渐浓的一个傍晚
你在月光下低眉轻语
我在不远处用心凝望

第三次见面
是杏花烂漫的春天
你走进我湿润的眼睛
我走进别人枯涩的语言

第四次见面
是中国原平诗歌之乡
你如一树梨花芬芳暗放
我为半瓶汾酒醇厚甘绵

第N次见面
注定是诗歌圣洁的路上
你在卓立彳亍前行
我会一路慢慢欣赏

再致梨花

人间已暖。你的热情正浓
此时，我陶醉在三月的春风里
是唯一等待你自由开合的人

可是，梨花，你不是一朵
你这一片一片地开，一片一片地合
我不知道，哪一朵与我心心相印

其实，我愿作每一朵梨花的情人
你开放在农历的三月
这个季节，母亲刚好把我降生

三月为界。多少年我与你以美为邻
春风里，有飞雪有冻雨有沙尘
你每一次绽放，都令我更加心疼

我说不出生命的颜色。我的言语
卡在苍白的时光里，而你的白
正好是我敬畏的亲近。爱无言

你跳跃成枝头灼白的火焰
张扬出空中一层层温暖的白云
我只想躺在你怀里，泪水盈盈

立　夏（同题）

其实，今年就没有春天
从一开始，所有的人就同我们
一样，站在季节的边缘
花却依旧开，依旧落
那浅浅的呼吸，只跟月亮有关

蝼蝈鸣，蚯蚓出，王瓜生
小麦抽穗扬花，斗指东南
都是春风交给夏的假象
而这风，只送来一场浑浊的雨
苍白，躁动，心无所依
窗外，身患暗疾的一抹小草
披一袭伪装的绿，明明不是苦菜
理直气壮地翻着白眼

而真正来历不明的，是那
一群蓝色的石头，还有
那一场被打湿的雨点
他们像一个个神秘的卑鄙者
自以为是，怀揣利剑

用鞭子一样的游戏规则
对一群顽皮的孩子，或者
一座遥远的村庄
居心叵测地发出考验

夏天还是来了。温度必将泛滥
我们都是形迹可疑的人
一同走在寻找春天的路上
谁都是谁生命的过客，我们
已经听到过往燕子的呢喃
我不是天子，你也不是女王。此时
那一座城的南郊，正举行一场盛大仪式
一片一片的油菜花，都在举手投降

请不要期待事物的凸起部分
这个季节，雨水就是春天丢失的泪
雷声往往失重，会带来闪电
你看，每一株杨柳的枝头
都挂着沉甸甸的凶险
相信，灌木丛会在秋天开花
如同星星，会在黑夜绽放
脚丁足孤独的河床
水声如咒，当你蹒跚的步履
踩扁担心和失望
绕过夏天，环形的路就会走成直线

不说再见

天空突然暗下来
早晨的一朵白云也老了
雨点开始低垂、低垂
穿透清凉而柔软的微风
穿透被网住的心
路沿石上开满黑色的花朵
地面长出生锈的钉子
熟悉的词语被窗玻璃阻隔
回头看你
你是一尊许愿已久的佛
我们不说再见
内心的暗，与空
经历一场简约的洗礼
太阳的光芒正穿越云层

闯王寨里

这是中秋的黄河岸边
水势浩大，比母亲的经血
更膨胀。血色如潮
染红内核坚硬的马牙枣
一丛丛荆棘沉默，青绿的酸枣果
挂满枝头，不酸也不甜
我们是一群被诱惑的人
在信天游的浑浊里，甘心沉陷

当瞭望塔踩在脚下，我们
挥手之间，故事便小了
大河依旧东去，江山改变了容颜
谁是谁的王？谁续谁的缘？
走过枯木索桥，将山峰坐在屁股下
将我们的手指伸开
竖成一根根弹奏岁月的琴弦

四百年刚好不够一个轮回
前世的缺憾正是今生的夙愿
如果闯王把大印交给我

后世的字典里就不会有失败二字
而这一方遗失的玉玺，风为媒
一定偏爱着压寨的红颜

我们来到这里，不问因果
这只是精心安排的一场盛宴
历史被现实穿越
兵器锈蚀，野草岁岁枯荣
当生命的颜色与诗歌的词语碰撞
我们用另一种方式，去热爱
垛口内外满眼摇曳的七月菊黄

今夜，篝火被点燃

今夜，我们蛰伏于柳林
柳林夜晚的昌盛山庄
远处的虫鸣，近处的呼吸
内心拨开云彩的月光
伴着酒香，这些客居的人
陶醉在点燃的篝火堆旁

黄河的夜风，如此低沉而静冷
藏在泥土下的枣花和野草，透过
坚硬的岩壁，四下里张望
热情的篝火熊熊燃烧
沙哑的声音，虚伪的尖叫
轻歌曼舞成一簇簇炫丽的火焰

眼睛穿透窑洞，有人在侃侃而谈
以马牙枣的借口，以诗歌的名义
在篝火深处，把忧伤遗忘
而我，只是山庄里一株小松树
被火以灰烬的方式阅读
陪着你的时光，老去经年

寒露过后的雨夜

蛙声已远，蝉鸣沉寂
时光一下子变冷。窗外
懒散的水声慢慢响起，淅淅沥沥
鸣噪过的鸟儿蛰伏在某个角落
已经泛黄的梧桐叶，长成心的形状

这样的夜是美丽的
美丽得让人孤独

夜里走来的，都是我的亲人
他们涉水而来，裹着百草，戴着露珠
他们沉默。他们嘴里滑落的词语
像刚开过的花朵，铺陈于柔软的大地

这样的雨夜是美丽的
美丽得让我想哭

但此时，我极力隐忍
我怕沉重的泪珠掉下来，惊醒寒冷

惊醒孤独，惊醒夜的灵魂
惊醒远方高楼的四层阳台上
我经常默念的刻入骨髓的那个名字

黄昏，致远方的朋友

你在哪一座城市，独坐黄昏
黄昏下，一幢空荡荡的楼房内
你忧伤的眸子，为谁流泪
等待黎明？屋外，是落幕的声音

你独坐黄昏，僵冷的手指
烟蒂殆尽，酒瓶斜倾
你心底的歌，是幽怨的古筝
一只小狗低叫，烛影摇红

你可知道，你对面的城市
一扇窗口打开，一幅清瘦孤影
零乱的案桌，枯黄的稿纸
酝酿一份爱的专利申请

此时，太阳燃尽余晖
大幕又开，淹没月色的两颗星星
你左手扼住你的右手
正如我右手掌心扣向我左手掌心

找一个人亲切交谈是多么不容易

这个季节
太阳温暖
最适合曝晒心思
每个人都应该
打开窗户，或者打开门
去夏天里走走。我们
到山坡上到小河边
到树林里，甚至公园
广场，人来人往的马路间
遇到人，熟悉的、陌生的
点点头，给个笑脸
打声招呼。如果可以
就停下来，说说家常话

可是
世界这么大
想找一个人亲切地交谈
是多么不容易

与妻书

亲爱的，你记得吗
二十年前
你被父母衔在嘴里
是一朵柔美娇艳的莲花
也许被捧在掌心
像虔诚的牧民举起的
一方圣洁的哈达

亲爱的，你记得吗
也是二十年前
一个风柔雨润的初夏
我给你十万亩荷塘
让你在这里安家
你纯洁的花蕾
婷婷的荷枝
舒卷的莲叶
滋润我的心脉
令我热血沸腾
从此潇潇洒洒

亲爱的，你知道吗
二十年来
十万亩荷塘属于你
是你唯一的牵挂
你莲枝成理
你莲蕊生蓬
你莲籽发芽
晨开暮闭的时光中
你荡漾笑意的脸上
骄傲着爱的升华

亲爱的，你想过吗
二十年后
十万亩荷塘够不够大
你我早已莲理一体
这里依然风调雨顺
终年无冬，春秋如夏
我们相守陶然亭下
我写我的诗歌
你练你的书法
心有琴瑟，耳存钟吕
看，黄鸭自由呀呀
听，青蛙幸福呱呱

端午致屈子

今夜注定无眠。我站在孤寂的夜空下，遥望南方
陪伴我的，是自南而北的风，还有清凉的月亮
月是残缺的半圆，一半挂在空中，一半挂在汨罗江畔

此时，我依然能够看到你，独行的屈子
你临风瘦弱的身影，你止不住的两眼浊泪
你迎风卷飞的白发，你背上孤鸣的青铜长剑

此时，我和你是平等的。我们不再遥远
我们之间，仅仅一条长河，流淌了两千三百多年
而让我们平等亲近的，是一种叫作“求索”的闪光思想

此时，万籁俱静。一切善良如初。我和着你
吟《离骚》的怨愤，叹《九歌》的婉转。然后
看你背上那一柄苍弱长剑，直指苍天。其实

我知道，你的心是如此辽阔，正如你的祖国
我知道，你的爱是如此博大，正如你的故乡
我知道，你的泪是如此浑浊，正如你的楚王

那年还不是端午吧，你的靴子丢了，你的路丢了
一曲《怀沙》，“明告君子，吾将以为类兮”
一块青石，“长太息以掩涕兮，哀民生之多艰”

而张仪的万金白璧，宝光射碎你的肝胆
秦王的六百里商于之地，沃土埋葬你的誓言
还有郑袖，那怀王的爱妃，竟以谗言吞噬你的郢都家园

从此，五月五日，岁岁年年。雄黄酒，菖蒲剑
糯米粽子，龙舟赛船。诗人的节日，你的祭奠
思念之外，背叛之外，蓝黑墨水之下是沉沉的汨罗江

此时，你依然端坐江底，灵魂早已钙化
成一座永久的诗碑。楚山湘水，图腾璀璨
你曾经绝望的宇宙天空，信念和光明，繁星点点

悼念一代诗人雷抒雁先生

今天，我突然感觉到
阴暗的天空异常寒冷
料峭的春天已经来临
我为什么会心神不宁

回家打开熟悉的荧屏
一行生疏的黑体大字
像一条窜出洞口的蛇
毒液，刺痛我的眼睛

著名诗人雷抒雁去世
于 2013 年 2 月 14 日
（癸巳蛇年正月初五）
凌晨的一点三十一分

我不信啊我怎么能信
今天是西方的情人节
雷老，一代伟大诗人
也许去约会缪斯女神

我想起 2008 年的秋风
您应邀来到我们县城
为诗歌协会成立揭牌
送给诗歌爱好者福音

我想起 2009 年的北京
在您家里我就像省亲
谈诗歌聊家常话文友
慈祥的笑容如沐春风

我想起 2010 年的书信
我的诗集正准备付印
您欣然拿笔为我题字
让平庸之作光彩倍增

可现在，我不得不信
悲痛来袭，噩耗成真
诗友在传递悼念之情
人民日报已为您作证

陕西泾阳到首都北京
西北大学去部队从文
从报社到诗刊到鲁院
引领中国诗歌万里行

键盘已经敲不出声音

鼠标早就蜷缩在掌心
泪水从心里涌出眼眶
滴答的钟声为您送行

一路走好！一代诗人

听，窗外呜咽的春风
看，窗内凄楚的身影
春风里，小草在歌唱
眼前，明明灭灭的灯

正义，早已得到伸张
您看，一轮红日东升
罪行，早已得到清算
您看，地球分量未轻

一路走好！伟大诗人

父母之河跨世纪的桥
踏尘而过，掌上的心
绿色交响乐云雀春神
激情编年，写意人生

麦天，与风擦肩而过
分香散玉丝织的灵魂
历史，不会忘记秋思

彩色的荒漠雁过留名

一路走好！人民诗人

悬肠草种子啊，醒醒
请你聆听青春的声音
你看前方依然是太阳
神话的土地万丈光明

一路走好！雷老先生

记忆比石头更加坚固
您照我肝胆给我明灯
天堂只是您又一诗国
您知道诗人需要安静

呜呼哀哉！当代诗魂
安息吧！毁灭即新生

昨天夜晚，天特别黑

——悼念诗人卧夫

外面在下着雨。不知道
是春雨？还是夏雨？
我听见星星燃烧的声音
像一匹狼的嚎叫，来自东北
双鸭山，或者北京的怀柔大山
——这是昨天夜晚
四周异常寂静。天特别黑。
这雨水，是孤独中惋惜的泪

你，一个隐卧凡尘的歌者
“初生是人，异化为狗，落荒成狼”
用半世光阴，或整整七天时间
残忍干掉善良。壮烈的姿态，放下
曾养家糊口的空酒瓶子
牵肠挂肚的九十九个女人
虚伪而落寞的风向标
在诗歌的沙漠中，将自己
以赤子之身的方式，交还给大地

让世俗中沉睡的人们，体验
一种气体的味道，生锈的圈套

你选择四月，春暖花开
怀柔大山只属于你。缤纷有致
灌木是你的辉煌的宫殿
落叶是你的柔软的温床
方方正正码好的衣服，在荒芜之外
幸福而安详
野蛮而悲伤。你曾说

你“死不过顾城，活不过海子”
你一边做自己的皇帝，一边
做金钱的奴隶。你在狼族时代
“混吃等死”，实现你的理想
你在死无葬身之地，留下
永生和庄重的诗句
让大地疼痛

昨晚，天空一直在下雨
我抚摸键盘的手，一直沉默
有一丝忧伤。我也浅薄得有点想哭
我知道。你并没有真正死去
你只是去了远方，诗歌的国度
诗歌的路上，你沿着海子当年的脚步

用“长着双脚的部分
向树荫的方向走去”。你说
“世界多么美好。我们的世界
有会说话的石头，还有剪刀和布”

清明节悼诗人李小雨

清明时节雨纷纷
今年清明节，世界心太硬
更是连绵纷纷雨

倒春寒的风逼近冷脆的心
风中，你依然“向世界
扬起一面小小的旗帜！”

一条红纱巾
在风雪中舞过，在冻雨中舞过
舞红了白天，舞亮了黑夜

这个冷漠的春天啊！谁能懂得
什么是怀念？什么是诗句？
什么是风雨？什么是泪思？

书房的案桌湿了
窗外的栏杆湿了
冬青的枝头、大地的枯叶湿了

十万株杏花挽起了白色
十万朵梨花收拢了花蕊
十万个诗人咬碎了泪珠

一滴温文尔雅的小雨
为何坠落得如此匆匆？
天边的春雷是你的脚步？你的轻语？

2008 年 10 月，山西汾阳杏花村
汾阳诗歌协会成立，沥沥秋雨中
你用微笑，播下一颗诗歌的种子

2009 年 10 月，北京《诗刊》编辑部
我的诗集放上你的案头，窗外小雨，你
在《诗刊》上，为我点燃一盏希望之灯

2013 年 5 月，山西忻州原平
梨花诗歌艺术节，一场冻雨之后
你把我引进中国诗歌学会神圣的大门

2014 年 9 月，汾阳—北京，电话相约
汾阳诗歌协会，“甲午仲秋诗歌谈”
病魔却让你违约，细雨遁入秋风

2015 年 2 月 13 日，我无意打开微信
“中国诗歌学会讣告”，2 月 11 日夜

一滴小雨垂落大地，粉身红尘

又是清明。又是细雨纷纷
铁石心肠的世界，沙尘暴来袭
吹走那条溪水般轻柔、冰凉的红纱巾

诗歌是一束光，是一滴小雨
被你温暖滋润的土壤上，谁能“拉住
你的手，倾听最后一分钟的风雨归程”

2016年2月14日夜

我的日历苍白。气温骤冷
苍穹混沌，北风依然自西向东
春天早已来临。旷野上
那株忧郁的树，如一支玫瑰
仍以孤独者的姿势倔强地站成风景

我的城市喧嚣。闪烁霓虹
回忆、渴望与幻想，都交给路人
脚步向脚步跋涉，手向手延伸
玫瑰花、巧克力、红酒、咖啡、香水
在午夜，草率如飞扬的北风

我的梦境沦陷。深如黎明
僵硬的双手握不住一枝花的疼痛
惭愧的日子浪费了四个春天。今夜
我用生锈的词语，拼出一首情诗
等你醒来，从背后拥住我温暖的一生

今夜，走过秋天

夜风吹着苍穹
残缺的月亮高高在上
“今夜，我不会遇见你”
所有叶子的飘落
都是一次窒息的疼痛

叶子在不断地改变着颜色
今夜，你在哪一个岔路徘徊
把伤心和思念交给月亮
飘移成一道美丽的风景

今夜，你在我的梦里经过
鸟声沉寂，万物失声
你的低低呼吸，如一树花落
嵌入薄薄的一纸诗文

“今夜，我会遇见世间的一切”
遇见你的眼睛。“只有
干净的眼睛才能看见灵魂”
“你的灵魂便是整个世界”
我将用萤火虫的光照亮你的眼睛

想起梨花

三月，百花竞相开放
我，只想先看到你：梨花
像所有从冬天过来的人一样
我，还没有适应春风
也还没有习惯温暖
我只愿意
在冷静的时光里
遇见一堆雪，或者
一朵云，一片盐
在无边寥廓的旷野里
在一座孤独的城池角落
守着你
守候在贫穷
与阳光错位的间隙
直到零落成泥

我的疼痛陷入你的美

我愿意，在嵌满绿核的
百果园里，向一片柔软的土壤
或一泓清静的泉水
吐露压抑多年的心声

我愿意，在悠闲垂钓的
白马河边，看一架疲惫的老水车
或一方沉重的磨盘
演绎光阴短长的故事

我愿意，在清风明月的
海棠谷，携一位情投意合的伴侣
当格桑花与油菜花泛滥成海
走向梦幻、童话、天堂人间

我愿意，走出金碧辉煌的
都市，以一个归来者的名义
换得海棠人家崇高荣誉，让骨骼
嘎嘎作响的疼痛，陷入你的美

致梨花

谁说香水有毒？谁说
百花有毒？是不是
一树梨花，也有毒

你是月光破碎的影子
你是白雪坠落的羽毛
你是情人撕裂的婚纱

三月，天作穹庐地作床
你用汉白玉雕砌栏杆，你
用粉色的丝脉，编织生活

爱上你，是王者归来的胜利
靠近你，是王者荣耀的独享
唯一的办法，是走进你的内心

第二辑　结束，或开始

从冬天到春天

寒风累了，气息奄奄
冰雪融了，筋骨软软

太阳明晃晃的，爬上树梢、楼房
屋里，钟表时针明显走长走慢

黎明以后，云彩脱去黑色棉衫
近似裸露的身体，在空中张扬

鸟儿改变了翅膀的方向，朝北歌唱
尘嚣下的眸子，像鱼，在眼眶里打转

所有的绿色已经怀孕，蠕动胎盘
大地铺开一张暖被，等候生命分娩

炕头上，老母亲盘腿而坐，她说
门开着吧！五九六九，该去河边看看

我很吃惊。抬起头，看见水色般的光线
穿过玻璃，抵达案桌，冬天悄悄溜过我的笔尖

我的父亲和父亲的村庄

其实，秋天就是一块儿遮羞布
高高罩在村庄的上空
村庄，那是我的父亲的村庄
父亲无能，被卷入其中
你不信，他不信，我也不信

石盘上是父亲的图腾
站在山顶随便看看，风景荒芜
父亲的村庄隐藏心中
对面的事物灰色而庞大
一张张血盆大口布满全身

只有父亲老了，老的悲惨
找不到走回村庄的小径
而秋天来临，父亲镰刀丢失
靠在羞于见人的窗前
弓起裸背，晾晒枯槁的青筋

父亲的村庄也丢了——
丢了绿色、炊烟、鸡鸣

以及夜晚，蛙声之后的宁静
母亲说，三十年的煎熬
我现在的幸福是父亲的宿命

让一条河流慢下来

首先让春天慢下来
让浅薄的雪慢慢地融化
最后一片落叶先不要苏醒
河流在冰床下复活
与坚硬的河岸慢慢擦肩

让惊雷与闪电慢下来
小草不着急萌芽，燕子还在南方
青蛙、绿蛇在洞穴安睡
春雨比油还更珍贵。惊蛰
与彩色的蝴蝶一起幸福冬眠

让花开的声音慢下来
时间裹着寒冷的外衣，没有终点
没有人咳嗽，没有人呼吸困难
绿色的太阳长成常青树
所有的人，舌尖芳香，指尖温暖

美好的爱情也慢下来
像一只自由的小鹿

在安静柔和的草地上撒欢
杨柳矜持，生命潜伏
调皮的星星还在童话里眨眼

让一条河流慢下来
时光如铜。记忆如金
你我不问年轻，不问衰老
此时，所有高贵的灵魂
都在健康的身体里坦然安放

杏花又开

等待你千年。我们
在遇见的地方遇见

你静默如初。蛰伏的爱
在浩荡的春风里涅槃

时间，一把冰冷的刻刀
以阴谋的名义为你刮骨疗伤

圣洁的肢体，卑微的心思
高贵的伤口里吞吐芬芳

伴你一生清白地走下去
在别人的爱慕里低处张扬

丰满的阳光为你放逐灵魂
名利的枝头坦坦荡荡

一朵花的孤独

美，是你隐藏在枝头
最含蓄的本质。不涉及妖艳
隐忍的蕾，隐秘的蕊
如剑而挺的枝，甚至
如芒的刺，都是你
最神秘的部分
这一切都接近孤独

春天一年一年的来。而你
一生也许只开放一次
风起雨落，蜂飞蝶舞
你把饱满的欲望牢牢捆紧
留给前生
以一道伤口的距离
让所有的人都不知道，你的
娇媚和芬芳，究竟为谁

当野火燃尽风花雪月
你以沉默为利器，把鼓噪的血
埋进荒芜而冷酷的身体

故事任它继续
所有的杜撰也只是似是而非
苍白的语言，艳羡的目光
在你柔曼的影子里
悲凉而去

你在四季的光阴里沉睡
阳光，月色，星星，白云，大海
以及高山、流水，甚至小草
都与你无关
你固守满枝贫穷的爱意
用不肯清醒的姿态
掩饰繁华过后放纵的哭泣

也许，会有一首诗为你作证
在岁月留痕的深处，你
深藏最朴实的矜持
就是那一片原始的绿叶
而我，不过是一只青涩的候鸟
无意闯入你禁锢已久的领地
伴随你更为辽阔的孤独

一朵茉莉

七月的季节，热情似火
所有的花儿都争芳斗妍
只有你，这一朵茉莉
还羞答答地探出枝头
在我的眼前，含苞待放

你身在南国
你长在我心的南方
这么遥远的距离
这么辽阔的天空
你的馨香，时时涌动我的心房

你纯洁的蕾
你粉白的蕊
你纤绿的叶
你优雅迷人的枝
攀援在我的心田

我知道，你膨胀的一刻
世界将轰轰烈烈绽放

你的苞开，将是我的心碎
你绚烂于别人的园圃
一定会令我黯然神伤

你把渴望给我
你把热爱给我
你把青春的遗憾给我
在光阴飞逝的日子里
你落英缤纷成满地的思念

不是北方不懂得柔情
北方的性格天生就显冷酷
空气中充满爱，太过沉重
我只能收起移植你的心愿
因为，那风，那雨，那沙尘，那雷电
我怕把你一生的幸福压扁

你只是我的另一种敌人

我不爱江山
也不爱美人。我
只坚守自己原始的内心

八百里江河顺流直下
三千尺黑发迎风飘动
你是我的谁？我是谁的人

不要轻信妄加论断。这世界
语言，只不过是词的组合
白天和黑夜，是同一个背景

你说？矜持和挑剔
哪一个是善良人的本性
哪一个是不折不扣的坦诚

我一心锦绣前程
我满目芸芸众生
你是我的蛊！欲罢不能

我把自己交给自己
把江山和美人，交给别人
把内心的黑暗，交给光明

而你，只是我的另一种敌人
我用前世的隐忍和孤独
修来今生与你不可逆转的缘分

剩下的只有时间。我们对峙
分秒必争。是来之不易的爱
或者，刻骨铭心的恨

这个夏天

夏天已经来临。而我
还在寻找春天的路上

在城西的石盘山顶
在城东的文湖水上
在城北的杏花村里
在城南的海虹寺院
甚至在波澜不惊跳动的心房
我没有看见苍松翠柏
我没有遇到鸳鸯戏莲
我没有闻到杏花遗红
我没有听见钟声悠扬
我只发现蠢蠢欲动的愿望

我知道，只有风，一直在吹
冷时不暖，热时不凉
我期待的绿，包括像泪一样的
雨水，都在云朵的虚幻里缠绵

能想象以后必须经过的日子

却想不起故乡的小桥、流水和月光
鸡鸣、蛙声、老牛的尾巴，甚至
带泪的槐花，翡翠般的榆钱
包括母亲温柔的呼唤

这些包含爱的物质
都错过了季节，不懂春天
而在夏天的背后，一场必然的火
已经把时间的轨迹烧断。我
无路可逃，任沧桑自由而下
芬芳的味道站在枝头
那些隐秘的成熟，不多不少
正好牵绊候鸟的翅膀

孤傲的夏天正在来临

太阳是一面镜子。焦躁的风
从灰色的表面疾行而过。清凉
隐藏在背后。服饰缤纷
强暴了语言，出卖了性格
此时，大地一切袒露无遗
刺眼的光，一根根快速生长
如中医的毫针，深入洁白的肉体
思想麻木，灵魂不痛不痒

杂乱的心。紧咬的牙。骨头酥软
被一把不锈钢刀慢慢锉着
一点一点，渗出白色的血液
这样的场面太过庞大。轰轰烈烈
没有人抗议，没有人离开
所有绿色都排成救死扶伤的使者
我来不及喊疼，来不及说爱
孤傲的夏天正在来临

昨 夜

昨夜
空气燃烧而窒息
我无法停止你的想象
在你的时间里失眠

我听到窗外的风声
与黑夜一起奔跑
而星光，那星星点点的美
像一只只敛起翅膀的小鸟
或者，干脆就是一群鸽子
盘旋空中，左右闪烁

暗处，比暗处更深的夜
危机四伏。呼吸此起彼伏
偶尔一声叹息，轻微地
惊了谁的梦，如冰河尽释

岸边杨柳葳蕤。曾经走过
一截截桃枝插入水中
何时发芽，何时开花

何时枝头繁花绽放
钟声响处，是谁
用心守候黎明

雨中等待

风，到底来自哪一个方向
一把伞，究竟能撑起几重分量
凄冷的街道，被暴雨无情冲洗
你成熟的心思，在为谁熬煎

或许，你伫立这小镇一隅
已等待千年，只是这一场意外
将时空切割成冷暖两岸
相思的泪，泼洒成冷雨点点

此时，你心中的玫瑰
一定是你手里那把油伞
烟雨屋脊孤独在时间之外
对面，是不是你渴盼的家园

在一匹马前

一匹烈性的马，如风
从我眼前扬蹄而来

你在马上，我在马前
马场，一片沸腾的绿色大海

空气，温暖地香
阳光，透明地白
你黑发如瀑，飘下
淹没整个世界

你旋转一片墨云
我惊悸的心无从坦白

渴望是虚幻的马鞍
凌驾于时间之上
空旷的背景多姿多彩

想象与你并驾齐驱
长鞭在手，策马奔离尘埃

今 夜

今夜，我没有看见天街灯光灿烂
今夜，我只听见银河水声涟涟

弯月如钩，庭院朦胧
是谁，在对岸拨弄断续的琴弦

弦音凄苦，月色如幕
是谁，铺开纸笺把酒窗前

天街流星雨，银河断桥栏
今夜，多少人爱河争渡
怀揣一张千年的旧票
有谁，能登上那一只失重的小船

今夜，牛郎仍旧凡夫俗子
今夜，织女依然天界神仙

今夜，我被一个神话拒绝
今夜，我没有山海誓言

今夜，我不谈爱恨情仇
我只感谢那一群喜鹊
今夜，我会筑起一个人心的祭坛

今夜无眠

今夜，注定无眠
月挂高楼
星碎点点
时间的声音
杂乱的琴弦
上帝冰凉的右手
捂紧我的额头
我满目空空
扼腕而叹

今夜，注定无眠
风声死去
雪色孤单
种过玫瑰的花盆
养过金鱼的瓷缸
电视机无声地开着
烟头在指缝间冒圈
有谁，会推开虚掩的房门
有谁，会走过摇烛的窗前

今夜，注定无眠
蜜蜂蛰伏
蝴蝶卵变
不能谈论三月桃花
无法描画夏月秋圆
黯然空旷是唯一的背景
一声鸟鸣轻叩低垂的纱帘
是谁，红唇沁出刻骨的记痕
是谁，名字在我的心头一闪

今夜，注定无眠
一个人的城市
一个人的冬天
一个人白酒后的清醒
一杯红茶分不清浓淡
一支枯竭的钢笔
一张空白的信笺
一方书香冷寂的斗室
一场遥远无期的思念

来到黄河

当我来到黄河，我就知道
我已经回到母亲的怀里

浑浊而苍凉的号子，早已随风老去
满眼裸露的河沿，拉长成父亲卑躬的腰

久违的声音，敲击麻木的耳鼓
如母亲的茧手，轻轻抚疼我的额头

我弯下腰来，打躬作揖
听见母亲酸痛的惆怅，以及深藏的暗语

欲念如潮，我把眼泪当作幸福
向东、向东，随着淘淘浊浪流去

把疼痛留在心里，让火焰在骨骼里熄灭
此时，我宁愿站成母亲峰下一株失语的枣树

这是柳林三交的黄河啊，来去匆匆
我将留下孤傲的灵魂，让她慢慢湿润

秋 辞

秋天只剩下一条细细的尾巴
越到前面，温暖越少
阳光，总被一条灰布包裹

长长的路上，听不到一声蓝调
风一直向北吹，如过客留下的背影
光阴，照亮我半生孤单的行程

一只鸟划过云天，声音那么空
一块坚硬的石头对着我笑
我知道，我前世的契约已经丢失

从这个早晨开始，不再猜想
我将不再留恋这座城市
卸下所有行囊，走进乡村的风景

我将找到一块儿干净的土地。在父亲
和母亲亲密过的肌肤上，以风为笔
写下一首干净而平庸的诗

亲爱的，来吧。你隐秘的高处
我看见，充血的庄稼，沉默的羊群
炊烟里的疼痛，春天里的门

去了悬空寺

就那么一个小小的空间
玲珑的庙宇挂在山腰
四面环山，万象归我
置身于繁华与浑浊之外
除了鸟声，流水，矮矮的树
一半是光影，一半是苍白
想象沉寂之前经书之音，木鱼之声
爱人啊！请不要再说出那个预言
流动的时间已透明我的心房

今夜，我面对一棵小树

今夜，注定我将幸福一生
一种美妙的感觉，流进血管
注入心房，在我的思想深处
幻化生根。我深情地注视着

窗外，从未经意的一棵小树
在瑟瑟寒风中挺立。已经是
立冬的季节，阳光依旧温暖
它，面对着我，如同我面对着它

我看见它，对我挤眉弄眼
给我灿烂的笑，如同夜空的妩媚
跟我说着悄悄话，敞开心扉
夜色轻柔，月光是它舒长的臂

玻璃阻止不了诱惑。它的影子
款款倾斜，情人般向我入怀
此时，我的幸福潜滋暗长
如同今夜，我面对的这棵小树

写在大寒

风，自由自在地跳跃
在岁月的浪尖，把一年
分割为二十四个片段
而今正值大寒，天气
应该寒冷到极点
生命蜷缩，寒潮滚滚南下
切断我的视线
折叠起鸟儿的翅膀
窗内兰花吐蕊，阵阵幽香
窗外，突然大雪迷漫
从早晨到晚上，把黑夜
都下成素颜。我看见
孩子们堆起的一个个雪人
分明是母亲丰硕的乳房
暗流涌动，血脉膨胀
小麦是父亲沧桑的胡茬
覆盖着暖被一般的冰霜
我知道，严冬已经结束
季节，在生命的轮回里
只是抒发了一个小小的感叹

春光就等候在过年的欢笑中
跨过这一条河流的距离
冰雪消融，大地回暖
唤醒一片叶子的记忆，我相信
在一个明媚的日子，我会
拥有一匹红色的瘦马
然后，背起尘封的行囊
有我的知心爱人做伴
跃过梦的边缘，告别失眠
朝着生长太阳的方向
张开双臂，奔向春天

风雪中，有一棵树

风雪中，有一棵树
如一位少女，亭亭玉立
暧昧的冷艳，透射
幽幽的美丽
等待春天出阁

风雪中，有一棵树
如一位农人，奕奕独立
隐忍的含蓄，绽放
成熟的丰腴
披一头银发，沉默
穿越秋天收获

风雪中，有一棵树
妙若玄音，茕茕孑立
肆意的潇洒，沉淀
孤傲的空寂
撒一地苍茫，无言
演绎四季神秘

风雪中，有一棵树
如一位诗者，坚定站立
为谁而生，又为谁而灭
万丈金焰中，浸润
诗者掌中一枝枯笔

末日·冬至·一场大雪

把思想归零。把内心和灵魂
交给平静。此时，勇敢是不折不扣的
形容词，在玛雅人魔幻的预言中
等待末日，就像等待新生

日子开始长了。窗外雪花舞动精灵
西风不识字，从上到下，自西向东
冷酷的手掌，打开泛黄的字典
抚摸卑微而细小的生命

来临的是冬至。而我，无牵无挂
祈祷这一场大雪，把眼前污浊荡平
美味佳肴已毫无意义，只有诗
饺子和汾酒，是最后的奢侈品

我知道，明天，太阳还会从东方升空
父母、孩子和爱人，依然活在滚滚红尘
我幻想把一生定格今天，我害怕面对
朗空丽日下，冰雪消融的残忍

其实，只是严冬来临。海棠暗绽
金橘如铃。春天的故事已不再遥远
你长久地漂泊，无数次的飞翔
烟囱、老屋、小树，长长的路
疲惫的双翅，思念的荒原
有谁，为你静默一生，伤口撒盐
你看，走向涅槃的必经之路
火！火！火！梦里梦外都是
生命的根须，柔韧而漫长
而日子，不是渴望，就是眷恋

魔幻的谣言，已经被白雪掩埋
祝福与惶恐交织成爱
人间冷暖，还在指缝间传递
所有的快乐统统包进饺子
愉悦的香味沸腾而来
你被一种叫幸福的东西挟裹
以漫天飞舞之势，曼妙如歌
扑面入怀。这一刻
是谁，生命如此之轻
捧在手里，疼在心中
融化或结冰，你无从选择
告诉我，涅槃并不悲哀

12月31日

足足一年的光阴，流动的
河水，满山青黛的颜色
树梢吱吱作响的词语
庄禾根部蛰伏的思想
都已耗尽。世界
只留下匆匆而过的背影

寂静是永恒的。遥远的钟声
缓慢而焦灼。日月沉浮
旋转的火焰中，完成的
与未完成的，包括
贪婪与执着，只收获一个字
生与死，都溺爱着的神

最后的夜即将到来
夜的尽头，是最初的黎明
一些是灵魂，一些是面具
都在一页薄薄的日历上拥挤
舞蹈，撞疼结痂的伤口
如风一般，挪向一扇孤独的门

元旦日记

所有的渴望都已在路上
天空苍茫，容纳一切
飞翔的翅膀。岁月深处
虚无的花朵，膨胀的南风
沉重的月光，妖娆的飞雪
一声迫不及待的呼吸
都隐忍在爱的深渊

谁能不是过客？走在
迷宫一样的路上
时针上踏步，分针上跳舞
秒针丈量生命的长度
世界从来没有完美的存在
缤纷万象的钟声里
灵魂和肉体在美好中荡漾

元旦记事

阳光不急不躁。日子
步步为营。时钟
不亢不卑地敲了八下
起床。穿衣。拉帘。推窗……
霾的味道崭新。没有黑暗
也没有温情。一棵棵树
像铁色十字架，又像
铁色天平。铁色的鸟
叫声又湿又暖
用嘶哑的喉咙歌唱
用轻佻的姿态跳舞

尘世纷繁。一出默剧又刚刚启幕
风花雪月，只不过是一场
自导自演的游戏，虚构的背景
昨夜，不辞而别
今日，如约而至
细数一节节未用而废旧的时光
遗忘。挽留。覆盖。沸腾……
明天，一切真相大白
一切都是公平

春天来了

春风无情。一枚深刻的词语
解释尽世间每一粒尘埃
让每一座山，每一条河流
每一株树，每一寸泥土
让我伏处的影子，和内心
坦坦荡荡，体无完肤

春天来了。阳光圣洁
火红的声音无所畏惧
到处是锃亮的钢刀
到处是熊熊的火把
到处是绝望的北风
而燕子的尾巴所向披靡

春天来了。春潮猎猎
我面朝大海荣辱不惊
只想做一个朴素的农人
在北方，在祖先的墓碑前
用钢刀犁土，用火把播种
用北风收获温暖的泪珠

失眠之夜，我孤傲的灵魂在跳舞

所有的一切，一步步沦陷
魔鬼之夜。在梦中，我
其实是醒着的。一座座高山
向海底塌沉，所有的
江河湖海，漫过崇山峻岭
每一棵树都长出吃人的牙齿
绿幽幽的，嘴角流着黑血
蝴蝶的翅膀被乌云倾轧
十万只蜜蜂叮在牛背上
万马齐喑。一群耗子
狰狞着笑脸，在棚厩深处
窃窃私语，暗度陈仓
泥沙俱下，雨雪霏霏
我头戴枷锁，身披铁衣
在酱色的污泥中抽动双腿
前方，一盏孤灯闪烁
一万扇窗户关闭。羊群反刍
齐刷刷咬断干草的声音
我骨骼疼痛，胃也在不断膨胀
一声咳嗽，喷出万点火星

明月如霜，梨花满地
我看见，我孤傲的灵魂
在黎明到来前的寒风中
赤裸着卑微的尊严
放荡不羁地跳舞

雨 声

从早到晚，雨的声音
逐渐变得繁忙

匆匆赶路的人，都低着头
有些伞是多余的，忽远忽近

嘈杂，孤独，清新，苦涩
五味杂陈的春天

这突如其来的第一场雨
这为别人做着的糊涂的梦

许多往事轻轻一碰便碎了
如同这雨声，轻轻洒落一地

秋天的疼痛

秋天的原野很无奈
如我久已劳损的腰肌
一株株低垂的谷穗
一棵棵扭曲的果树
一枝枝吊着青瓜的藤蔓
谦虚地弯着老腰，承受着
身体里那些必须的疼痛

当风吹过，阳光扫过
这珍贵的人世间
还有多少熟悉的事物
像我一样温暖

阳光漫过树梢的鸟窝
秋风无声无息。教堂顶上
时钟不紧不慢地敲着
清冷的河水波澜不惊
虚无，只是万物的一个幌子
正如这些飞扬跋扈的疼痛
过去之后，敞开一扇充实的门

梦比风轻

昨晚一个梦，在黑暗中
轻轻折腾，比西风轻
比雪花还轻，比所有路过的脚步
婴儿的呼吸，都轻

大山在沉睡，河流在沉睡
所有星光都在沉睡
有人却醒来，借着轻风
酝酿着另一个梦

回想一生说错了多少话
回想一生做错了多少事
回想一生走错了多少路
回想一生认错了多少人

轻风把一切，都带去
梦比风轻，梦是一把寒刃
在夜色里，锋芒毕露
剔除幻想被词语装饰的成分

与秋风一起奔走

秋风，与我一起，奔走
秋，除了黄色，就是诱惑

像一只蝴蝶飞过
黄了原野，暖了人间

千万株植物深入土地。就像
爱人的骨头植入我的肉体

秋风过处，一万种植物断裂
燃烧的声音，向冬天举起了火

在秋的深处，阳光的尽头
小小一只蚂蚁，都是风的情敌

千百万个强大的生命
抵敌不过一场轻柔的秋风

这饱满的世界，总有一些

美好的事物，我们无法挽留

比如，怀抱粮食的人
一生走得多么仓促

第三辑　瞬间，或永恒

布谷鸟落上我的窗台

晨曦把如翼的窗帘拱开
透明的光亮，横空而来
昨夜的雪，不再席卷枝头
满地银光，颠覆统治冬天的尘埃
扭扭脖子，我来不及微笑
一只布谷鸟，悄然落上我的窗台

隔着玻璃，杜鹃花在热情怒放
眼前，汹涌着一片花海
布谷鸟咕咕，阳光慢慢流淌
甚至呼吸、雪融、花开
所有的声音如此亲切
令人心旷神怡，心潮澎湃

是春姑娘来了吗
我的亲人，我的至爱
家乡今年春来早
我伸伸懒腰，将头探出窗外
把蛰伏一个冬天的语言
沉闷的心思，向着春风表白

春天，我绿色的姐姐

春天美丽
春天，是我绿色的姐姐

春风料峭，阳光正好
绿色姐姐是一只回巢的燕子
端坐枝头，以温柔的剪
宽容的姿态，修复
一个季节，不痛不痒的伤口

绿色姐姐是一只蝴蝶
隐忍透明的翅膀，三月
冻雨与雾霾刺痛神经
像西施的羽裳虹霓飞舞
浣洗人世间的沉疴

姐姐不老，时光不老
绿色姐姐是一头豢养的豹子
温柔的牙齿撕碎历史，捕捉
一场打马江南的小雨
掌心里的忧伤，空空荡荡

春天委婉
春天，是我绿色的姐姐

绿色的鸟儿从唐诗宋词里飞出
衔着天空所有的绿
在姐姐忧伤而明净的额头
种下乡村曾经的绿，殉情的籽
以及跳动绿色光焰的动词

绿色姐姐眼里长出绿宝石
泪水，漫过青山的胸膛
抵达每一棵树的根部
每一棵树下，都跳动着
一个新鲜的阴谋

宠辱不惊，来去自如
绿色姐姐是一条游动的金鱼
把一生的渴望静默成呼吸
所有的语言沉入岁月
赤裸裸孤独着自己

春天美丽而委婉
春天，是我绿色的姐姐

姐姐是一枚绿色的太阳
是一只绿色的鹦鹉，或啄木鸟

是打开天地之门的一把绿色钥匙

微风，穿过夜晚绿色的月光
浮尘伏地，落叶醒来
纷纷扰扰的世界被彻底清空
我沉醉在姐姐绿色的怀抱
如同躺进一个温暖的词语里

春天征服了一座城市

春天征服了一座城市。那些大树
沉积一冬的顽疴从根部动摇
残存的叶子一片片地落下

城市的人民听到两种声音
一种来自花开，一种来自鸟鸣
他们在成熟的阳光里欢呼

那些落叶已经发黑。腐败成为尸体
正一块一块地烂掉。睡进泥土
埋入曾经茂盛的记忆痛处

春风。春天里一场风暴
消灭与城市人民为敌的一切，包括
老虎，苍蝇，耗子，和小小虫蚊

春雨总会来的

雨水，只是一个节气。雨水过后
昨日惊蛰，万物在这天苏醒
正好今日，一场春雨漫空飘落

我只是万物中的一种。或者
只是尘埃中一粒。孤独
干燥，灰黄，一直将我淹没

我不喜欢冬天的冷。也不喜欢
夏天的热。甚至不喜欢秋天的沉重
我只喜欢春天，一场春雨潇潇洒洒的润湿

一年三百六十五天，二十四个节气
我三分之二的生命，浪费
在别人手舞足蹈的日子。就像

花开的幸福存在于等待的阵痛
落入泥土的粒子一颗颗萌芽
春风过处，春雨总会来的

阳光和梨花一样白

四月。我站在梨树下
阳光和梨花一样白
花朵静默，打听我的心思
我惭愧着它们慢不下来的伤悲
此时。内心的词汇一个个破碎

我知道缤纷意味着什么
一瓣瓣梨花尘埃般沉重。阳光
却托不起生命如斯轻坠
春风，提供了唯一的证词
我柔软的内心一尘不染
不担心明年花期会不会再来
只抱守一种遗憾。为什么
春天如此短暂而虚幻

怒放的玫瑰

窗台上。花盆里。一朵朵玫瑰
怒放。在和煦的暖阳里，占尽春光
娇艳的花朵。肆意舒展。这是
红色的玫瑰，花中皇后，百花之冠
完美，纯洁，美丽而芬芳
高贵的气质，优雅的姿容，如天使
闪耀的眼神如斯绚烂。羞怯
交给泪珠，阳光下徘徊
影子，似新婚少妇步出帐幔
晨露中伴着琴弦更妆
激情之爱意，燃烧，穿心而过
扎伤我胸口的，一支支毒箭
千年刺客行走江湖，于无声处
血色如潮，摄魂掠魄的爱
屈从那极致的忧伤，麻醉我的思想
我小心翼翼地将她植入诗句
是歌德野地里最完美的花卉
是裴多菲爱情的第一百个形象
是里尔克墓碑上圣洁的冤家
是罗伯特·彭斯爱人的美妙胸膛

是叶芝用鲜血浇灌成长的一棵大树
是荷马“诗歌之王”金冕下黎明的曙光
此时，我词语贫瘠，泪腺发炎
分不清是梦中醒来，或夕阳中老去
灵魂走出了时间，脆弱的生命
轰然而鸣，倒向那一堵红墙……

三月，一切都是绿的

春风如约而至。我感觉到
浑身花开一样的疼痛
阳光很充足。从一棵树梢
移动到另一棵树梢，像一只
快乐的金丝雀在颜色里跳动

我站在树下。泥土松软
内心的道路沾满水气
平坦而通透

我看见。冬天的时光远处羽化
头顶两片叶子暗暗生长
一片是因，一片是果。就像
眼前这条温暖的河流
一切刚刚开始。一生刚刚开始
一切都在远方
一切都是绿的

又是一年清明节

又是四月。又是一年清明节
还是这一条弯弯曲曲的小路
拨开稠密的蒿草，我从这里走过
左右的树都低着头，挂满痛苦的叶子
梨花桃花已经先后谢了
残留枝头的苍白，是风干的岁月
一切沉默。卑微的小草喊着疼
一节节往上长，所有植物的根须
粗粗细细，深深浅浅，沿着古老的经络
伸下去，伸下去，慎终追远

我跪在一堆熟悉的黄土前
一杯酒，四炷香，一支蜡烛，五张色纸
点燃心中孤独的思念
远远近近，无语伤心处
我感觉到膝下阵阵冰凉，心重如铅
风吹过，坟冢上老柳弯腰驼背
等待春潮，揭开浑身一层层疤痕
抚慰静睡多年的沧桑
刚栽下的小柏树也呆立着

如我，心中蛰伏着悲伤

眼前，是祖先长眠的天堂
背后，是我学习工作生活的地方
城乡从来安命处，人间艳羡四月天。
人生有酒须当醉，一滴何曾到九泉？
抬起头
细细的雨珠打疼我的脸庞
低下头去
湿湿的小路伸向漫漫远方

风花雪月的春天

也不跟谁打个招呼，甚至
只用一种浅薄的舞蹈
一群冰冷的白色精灵，就这样
霸占了春天的热闹

窗外，思念覆盖青绿
所有疲倦如潮
飞乱四月的柳絮
如今，躲在寂寞的树梢
杜鹃花泣血如歌
让谁发出阵阵心跳
只是这一场白，来得蹊跷
没有高过梧桐
更高不过星月
也许一切随风，却
撞断了桃花的细腰

春天躲在我的背后。我
躲在城市遥远的一角
这个季节，温度计失灵

在一米的阳光外
我只怀念，母亲
以及，我唯一挚爱的人
温暖的怀抱

惊蛰：我看见春天迎面而来

不细究屋檐的冰凌何时消尽。
不细究窗外的细雨何时来临。
不细究枝头的燕雀何时鸣唱。
不细究麦田的冻土何时解封。

只是一个夜晚的工夫，我推开窗户
像水一样，像爱人一样，像母亲
眼神一样，春风，就迎面而来
轻轻叩击尘封一个严冬的窗棂。

你的身姿如此瘦弱，被冰雪
漂洗过，被寒流挟裹过，被长夜
浸透过，从围炉的疼痛中启程。
那一身血红的浪漫，触痛我
懒惰而脆弱的神经，给我柳枝
处子的柔软，誓言般的不可承受之轻。

你的裙衫拂面而过。润湿的清唇
开合，粉如桃花，白如梨蕊，一句句
温暖的问候，直达浅浅的呼吸，以及

朴实的脉动。脚步匆匆，比飞鸟轻盈。

你媚影轻移，在等待谁
重温巧遇亲人的浪漫温馨？
空中，风筝带走空荡荡的忧伤；
窗外，善良的阳光，幻化你的倩影。
一路走来，梦想比承诺更加金贵，
你看，沿途的石头都绿绿闪光，
我的视野，只为你守候朴实的风景。

这个季节，我方寸大乱，词语贫瘠。
每一首献诗都被你写满天空。
所有的花草、树木、蛰虫、鸟雀，以及
水流、山影，包括眼泪、赞歌和爱情，
在最庄严地礼赞声中，走出梦境。

此时，一声口哨响过，前方
八百里江南踏青而来
十万亩桃花梨花
宽衣解带，笑迎春风……

听 雨

窗外的雨声不是响给我的
淅淅沥沥的，只是一阵嗒嗒的马蹄
踏在我松软的心上

时光如此残忍。柔水也无情
一滴滴沉重的雨珠，横空而来
摔碎遥远的梦幻。马蹄声不断

嗒嗒而来，又嗒嗒而去
肆意践踏一颗沉闷的心
有谁能为这一场误伤买单

雨声之外，是谁，也在隔窗听雨
能否听懂这嗒嗒的马蹄
背上驮着谁的思念之王

雨中听雨

又开始下雨了。你
依然在隔窗听雨
窗台的斑鸠蜷缩着
竖起耳朵
风，藏匿于匆匆的雨声里

一杯葡萄酒，打碎
跌落进偶尔的鸟鸣
天空被染成灰色
你向着那一道禁闭的门
眼睛模糊，嘴唇干涩

你是从不哭泣的人
此时，把泪腺交给天空
大街上，匆匆移动的伞下
有些手却在浑水摸鱼
而这暧昧的雨声
分明就是侵略者的道具

雨的声音很固执

空气的味道，犹如回忆
每一盏街灯都无孔不入
照亮你金色的心思
时间，是最沉重的负担
陷在泥泞的街道上
腐蚀成一把生锈的犁

在六月的阳光中

六月。阳光剧烈地燃烧
激情中飞扬。大地平静
姿态如初。生命潜滋暗长

所有的门都敞开着。欢悦的
叫声，在树叶间穿梭。影子
曾经坚硬的心，花蕊般柔软

是谁，把整捆金条抛向大地
是谁，把根根金条捋成银线
如针的光芒，已经穿透胸膛

彩旗猎猎。吹乱风的方向
绿色如此霸道，海水一样漫延。鸽子
麻雀，甚至苍蝇，都轻松地张扬翅膀

感恩是一个动词，标准的词性
让所有的人不再彷徨。眼睛，脚步，语言
最远走到的尽头，在渴望的肩上

六月，是谁，端坐云彩之上
口吐莲花，却一片片地白，一片片地蓝
把一朵朵幸福，镌刻上孩子们的脸庞

六月。阳光。深情的眸子里
温暖的母亲，娇涩的新娘
繁花缀满枝头。爱意日久天长

中秋夜

据说
今晚的月亮
最大最圆
如果错过
需要再等八年

我蜷缩书房
盯着荧屏
倚在窗前
举一杯汾酒
喝到天亮

星星睡了
我还在这里
圆月还在他乡
只是蹉跎了一夜
幸福时光

九　月

大地都是郁郁葱葱
天空都是郁郁葱葱
所有的眼睛都是郁郁葱葱

我的眼睛穿不透天空
你的眼睛穿不透天空
所有人的眼睛都穿不透天空

十万颗心在沉甸甸的旷野燃烧
或冷或热的风，是十万颗心流动的翅膀
幸福的歌声唱响。向着南方
向着南方，是通向春天的方向

是谁踮起脚尖，站在高高的山冈
雁声未到，秋风吹凉，只有兄弟们在歌唱
十万把镰刀跃跃欲试，舞动疯狂
是谁，把殷实的云朵收进行囊

九月之秋

所有的绿色层递铺开
铺在柔和的阳光下
像一枚枚盛情的请柬

所有的树枝肥了
所有的花草艳了
所有的庄稼疯了
旷野盛产丰收的喜悦

老农民兄弟憋足了劲
没有言语，只有笑容
腰里别着开过光的镰刀
应邀出席万物博览大会

幸福的日子藏在心里
感激的心思潜滋暗长
金色光芒漫过所有村庄

坐在槐树下

槐花在头顶开放
我坐在槐树下乘凉
中午的阳光充足而温柔
就像陪伴着我的新娘

一朵槐花落下
落在我手里捧着的书上
轻轻捏起这一朵槐花
慢慢靠近鼻尖，我分不清
是花香，还是墨香

粉红色的槐花
是一朵粉红色的希望
像一支跳焰的火炬
轻轻走过的人
也许，心房已被点亮

我坐在槐树下，
一边看书，一边乘凉
身体慢慢靠近阳光
身边，一支歌在如水流淌

隰县，在一棵梨树下

秋风深处，我们艰难而来
绕过绿色石楼，共赴一场金黄
梨博园，动物们自言自语
梨园九曲，改变了声音和颜色

坐在一棵梨树下，倾听
三百年的历史，在老奶奶的
故事里，喋喋不休

有人为秋风而来
有人为果实而来
有人为别人而来
而我，只为一场诗歌
以外的约定而来

在一棵梨树下，我看到
诗人的内心，和掌管诗歌的手
看到梨和酒的关系，以及风的味道

我们只闻果香，不谈悲喜

观云听雨，不争朝夕
让时间慢下来，让秋风
柔起来，让太阳慢慢暖起来
让枝头的金黄，以及
根部的洁白，直达内心

小西天抒情

紫川田园绿树掩菩莲
昕水河桥梵音绕清泉
佛陀的六色光明旗熠熠生辉
攀上二百四十多级石阶
对面是佛。道入西天
光芒只在额头闪亮
牵手的人，心怀七千经卷

不知因果是否真有轮回
也没有什么比虔诚更可贵
有果有因，即心即佛
秋天是春天种下的善缘
我们不需要争吵。你们
也不必心怀妒羡
说不出的词语，在眼球的苍白里
一夜长出翅膀
三百六十多年的清凉
西方极乐世界缩微到人间

一只鸟儿在秋天里飞

我是不是那一只鸟儿
向着秋天的深处慢飞

秋风高高在上，秋阳微微低垂
云雨向东，在金黄色岸边徘徊

内心一枚坚硬的动词
不断敲打着我的脚踝

影子疲惫，找不到回家的路
远归的小船，轻轻曳着帆桅

小草匍匐装饰地脉
大树伸手铺陈天轨

清丽的声音传来，我看见
一只鸟儿向秋天深处慢飞

秋风深处的一颗子粒

在凤凰山巅，千佛庵前
时间很干净。风很凉
丢弃在峭岩石缝的一颗子粒
开出满眼繁花。这个年代
物欲横流。历史的温度
下降，梦想的翅膀打折
生存之路颠覆所有场景
泥土失去温暖的家园

站在秋风的高处，向着
一颗子粒呼喊。大地之子
把爱放在掌心。而我
只怀念被诗行浓缩的时光
只想把这一颗子粒
植入最纯洁的文本
让佛光普照，菩提点化
长出欲念之外，空无之外
尘埃里的激情和意象

秋叶，在月光中飘零

大地沉睡良久。婴儿
在母亲的怀抱中均匀呼吸
夜色如水。每一颗星星
都长成一个顽皮的孩子
风，比万物都静谧
长弓羞涩，利剑入鞘
马鞭挂在墙角。名字
刻在思念的石头上，梦
开始的地方，花弄影处
一枚秋叶在月光中飘零

时间只是一根缝衣针，天地
这一方遮羞布，隐藏的都是影子
当爱被诠释成一种文字
秋叶将是一枚坠地的夕阳
回到最初的光阴

秋雨中的白桔梗

站在大地的肩胛上，风
是洞穿生命背景的一只眼睛
美丽独处繁华之外。颜色深处
所有的语言都是动词
永恒的时态中
你只主宰摇曳的背影

当秋雨穿透尘世，隔空而来
爱隐于花语，在窗外复活
雨水是叶子上多余的泪，花朵
以及芬芳，一生不变的承诺
都豢养在水的骨头里
你宁静的姿态渗入秋风
抵御一场苦心经营的骗局

阳光在泥土中温暖。绝望
或者永恒，在慢慢长大
接近你的灵魂，接近那些
无法偿还的危险的日子
面对这刻骨铭心的白，我叫不出

被遗忘的你素雅的名字，只看见
一株株纤细的绿叶，沿着
唯一的方向固执地延伸

我站成故乡眼中一滴泪珠

寒冷浸透了秋风。故乡
所有成熟滚滚而下
落叶满地，百草萧瑟
梁上的麻雀飞来飞去
也不肯留下细碎的脚印
远远近近的杨柳，灰色的电杆
原野上，一片一片的玉米秸
谦卑地低下苍白而柔弱的身子

遥远之外更加遥远
辽阔之处更加辽阔

古老的炊烟袅袅升起
送来纯朴的饭香，以及
母亲四十年的呼唤
高高的梁上，厚重的荒芜
掩埋了儿时熟悉的金黄
阳光沉重的酝酿中
我把自己轻轻地打磨
站成故乡眼中一滴浑浊的泪

暮秋之晨

城市开始喧嚣，在清冷中
不断剧烈。属于我的阳光
漫进阳台，侍弄一年的花草
长在狭小的风景里
我把自己固定在阳台上
就像一盆仙人掌，被移植
在一只灰色的花盆内

整整一个早晨，没有人
跟我交谈，也没有一个电话
我不抽烟，不喝茶，没有看书
浪费所有光阴回忆过往
突然想起：我的春天
是一只绿色的野兽

立冬时分

秋风翻过一道道高墙，悄悄钻进我的阳台。
窗外，沉默的树叶上下飞舞，碎成一地金黄。

我从梦中刚刚醒来，一场秋雨已经微凉，
以懒散的姿态，最后一次敲打庭院的梧桐。

一切都是冷的。床头的灯光，案桌的书本，
墙上停摆的时钟，心中酝酿一夜的诗行。

突然想起城外那一座凄冷的大桥，以及
英雄中路上那一幢孤零零直立的二十七层高楼。

桥洞里，楼宇下，每晚都住着一位裹着破棉被的老人，
多少年了，我都不认识他们，不知道他们是不是我的亲人？

我闭上眼。不敢起床。不敢打开窗帘。不敢走出卧室。
我怕看见冬日冷冷的阳光，刺疼我无能为力的脆弱神经。

旭日之上

冬日。沉寂的原野并非虚无
大地暗含生机，她
对着辽远星空
裸露纯洁的胸脯
不是诱惑，是寻找
坦诚的对话与交流

热烈的苇草像往事一样
低头。爱，在光色中
产生。清白的部分
沉入心底，植入诗歌的主题
有些词语疲惫，喊出
疼痛。灵魂与肉体分离
被夜色挤压的心脏
暗流涌动

时间收获了丰盈
预言的雪迟迟不肯光顾
在鸟儿飞来飞去的忙碌中
金色的舞台旋转而来

最亮的火焰被悄悄安置
命运之掌，旭日之上
谁敢轻言太阳的温度

心向一棵树

这个冬天如此漫长。火
透明的火，跳跃的火，燃烧
在路边。水声潺潺，自暗处来
深入根系底部，深入远方

雪花在征途中跳舞。引诱一棵树
树也是透明的，也是廉洁的，但土壤
贫瘠。风在四周埋伏，不知道
为谁欢呼。只有头颅昂起，昂起……

一棵树，就是这一棵树，亭亭而立
前后左右，都是一棵树，所以
每一棵树都不是孤独。风依然歌唱
高高跳跃，与寒冷交合。等待黎明

翅膀在空中美丽绽放。日夜不息
心向一棵树，一直在去的路上
奔走。有水为证，曾经浇灌过的地方
即使是小草，春天来临，注定生机蓬勃

今冬第一场雪

回头的瞬间。窗外
已是一世界熙熙攘攘的白
我臆想中的敌人，像霾
一样，突然消失殆尽
我的叹息，柔软且孤独

这是一场突如其来的艳遇
肉体与灵魂的博弈
白色的火花，横空出世的爱
诺言落在鸟儿疲惫的双翅
一片叶子飞过，寻找昨夜的月光

你钟情于这冷漠的世界
我钟情于你固执的姿态
一个声音蛀蚀着我的渴望
你以风为笔，在荆棘的枝头
密密麻麻写满我的名字

小 雪

目光高过云天。长空
只开出一张空头支票
这个季节，所有人都是
坏脾气。繁华与枯败
各自言说
土地黑暗而沉默
等待旷久的约定开出花朵
等待所有的卑微与自由
像雪花一样成为存在

祖先的逻辑形同虚设
焚香许愿的人，内心空空如也
昨夜做梦，我是王的使者
至今仍无法厘清人间的真相
大雪为期不远。王在祈祷
让洁白掩埋尘世的伤痕
让春天出生的人，参透
冬至过后，每一片六角花瓣
隐藏在雾霾腹中的秘密

大雪，我仍然感觉到温馨

今日大雪，这是一个季节，或者节令
我却看不见一片雪花飘零
这时候，只有风，四面来风
呼啸的风，猛烈的风，无情的风
到底来自哪个方向？从头顶压下
刺穿每一个毛孔，刺痛每一根神经
而人来人往的街头，沙沙作响的沙粒
将所有急切的目光，肆意地敲疼

一样临风而立，我看到的都是笑意盈盈
蓝色的身姿，铿锵有力，简单而有节奏的舞蹈
橙色的背影，刚柔有度，重复而显单调的音频
日复一日，送走了星星，迎来了黎明
一条条大街，因此车水马龙，井然有序
一条条小巷，因此路洁墙净，无杂无尘

此时，我顿生渴念，希望有一场大雪来临
让蓝色、橙色退出我的视线，稍事休整
我匍匐大地，倾听春风春雨匆匆的脚步
同所有的人一起，感受潜滋暗长的温馨

大雪吟

大雪无雪。失败的节令
写出一首干净的诗，是一件
多么奢侈而虚伪的事情
万里无云。万里雾霾
阳光在树梢瘦弱，明亮的地方
越是让人感觉更加清冷

生命的河流开始慢慢封冻
如荒废的时间，植入空间深处
一场大雪，抹不平人间所有
因果。让温暖依旧温暖
让寒冷继续寒冷。玄秘的尘世
需要我们经常睁开眼睛

五月，这沉重的雨水

注定虚无被浪费的季节
众神狂欢，万花热烈
天空充满着热风，和雨水
闪电划过，一只黑色的狗
在轻浮的树荫下，享受寂寞
叶子清淡，蜜蜂静默
泥土喘着粗气在呼吸
一个人，怀揣被打湿的经书
行走在路上。青草的对话
沿途雕刻成碑石
果实。都还深埋在壳下
花的绽放，是皮肤皲裂的火焰
一片片金黄的麦田，都是
眼眶里迸裂出的泪腺
五月，这沉重的雨水
被季风裹挟着。在虚无的
时空深处，起起落落

秋日午后

阳光从窗户闪进来
像一枚金币投进口袋
一只斑鸠掠过窗台
金币落下沉重的色胎
眼睛找不到风的出口
随风在玻璃上打摆
心底的尘埃低了又低
寂静，长成墙面上一圈圈绿苔
我左手执笔，右手仗剑
闭目打坐，默诵经文
此刻，前面是一座山冈
后面是一片大海
“我是孤独的，我是自由的
我就是自己的帝王”
我贫穷的内心柔软着，朴实
像地上的阳光一样苍白

今日小雪

周围阴沉沉的。屋外
比屋里更暗。天地之间
一片苍茫。歌声，音乐声
从远处传来，钟声
敲了八响，浑厚而寂寥
仿佛是一株古树
八百年的光阴，站白了头
有人，对面合掌诵拜
有人，对面背道而驰
我左顾右盼，寻找
回家的路。在城市的边缘
与一声鸟鸣，相互温暖

第四辑　行走，或栖居

四行诗（12首）

自　由

亮丽的早晨
鸟笼打开
一只小鸟
从笼中飞出

思　念

太阳刚刚落下
月亮已经升起
眨眼的星星
依然挂在天际

希　望

高高低低的原野
郁郁葱葱的禾苗
春风轻轻吹拂
拔节声中的等待

道　路

也许别人走过
永远在自己脚下
无论东西南北
方向把握在手中

爱　情

两只摇曳的手
轻轻举起两只易碎的酒杯
两只嘴唇慢慢碰触
是白天，还是黑夜

思　想

站在门前台阶上
心在对面的山冈
坐在庭院树荫下
看着天空的月亮

生　命

时间在头发里行走
两岸被河流分隔
花朵在枝头开合
朝霞与夕阳相互侵略

影　子

是光的儿子
也是我的儿子
如果我嫌弃你
我将同日月一起消失

站　台

送走的是无奈
迎来的是期待
眼与眼微笑
心与心对白

孤　寂

深秋的黄昏
一只鸿鸟飞过风中
沙沙落叶的梧桐下
一株灰白的小草等待黎明

眼　泪

一滴晶莹剔透的清水
一面内心世界的镜子
从眼眶里溢出
源头在心底

别 离

两朵苍白的云
悬在没有星月的夜空
清风无助地吹着
朝两个方向慢慢移动

桥　头

独自坐在桥头，看云卷云舒，
风起风落。来往的人很多，
似乎都对我沉默。习惯是一种姿态，
等待你到来，任时间在阳光中消磨。
河水急流东去，树叶在空中婆娑。

一百天已经过去，原来可不是这种样子。
独坐桥头，是曾经想象中的奢侈。
这座桥，只是由此及彼的载体。

所有的人都是过客，来去匆匆。
冰冷的桥，载得动沉重的脚步和滚滚
的车轮，却载不动我的渴念重重。

对面青山如屏。独坐无语。
镰刀过后，生命的背景如此空虚，
一切都是过去，一切都是未来，
一切都在游戏，一切都在客居。

我独坐桥头，等待你如约归去。

叛逆者

月亮丢失。星星酣睡
风支起空旷的帐篷
一个醉酒的男人，独自前行

梦还在继续。狗依然狂吠
呓语中的女人肢体僵硬
酒馆里，灯火通明

树梢上，鱼儿飞来飞去
鸟的翅膀穿上木屐
山体在云的怀抱里打颤
河流越过桥面，静静落泪

窗玻璃破碎。一张脸
探出来，嘴唇咬住时间
祈祷的声音很忙乱
自由，是一条青色的蛇
盘旋在灰白的墙上

错 夜

就这样　在夜的边缘躺着
苍白的灯光里　灰色的蛾子在飞
白天做错事的小男孩儿　提心吊胆
远处的故事还在沉默　沉默

情绪与影子已经无法分隔
怕莫名的矛盾在曲解中无端升级
来之不易的爱　被现实逼迫
藏在黎明的尽头　点点滴滴

也许　是谁触痛敏感的神经
二百多个空洞的梦　反反复复
上帝只赐予同情的错夜
梦中的人　从来别无选择

其实　最是担心故事中的主角
太阳升起　原本平静的日子
如果有风　如果有雨　如果有霜
甚至是百年不化的冰雪

如果能洞穿这罪恶的夜
月亮星星找到归宿　那时
请把灯熄灭　自由归来
地平线上　大海会涌起金色

返乡农民工

打点一年的劳作
所有的资产，包括
现金，破旧的衣服
脏乱的被褥，挣钱
的工具，吃饭的灶具
装不满一条空空的
等待三百六十五天的
五尺行囊

双手像即将进入
冬眠的蛇
在一层层蜕去
粗糙的皮
辛苦一年的劳动所得
大部分还
装在别人的口袋里

今夜，你却弯下一生
不屈的膝盖
跪倒一尊菩萨像前

点燃最便宜的
一支蜡烛，三炷香。许下
今年最大一个愿望——

明天，保佑你
顺利买到三张火车票
带着老婆和孩子
回到父母守望的村庄
高高兴兴地
过年

行走于夜色中

行走于夜色中
这是一条老路
匆匆来去这么多年
如果忘记回头
甚至，会看不到
自己孤独的影子

夜色挂在树梢
风的声音像顽石
远处的灯光亮着
很固执，也很疲惫
鸟的空巢做伴
那些无语的麦苗
低头想着心思

前面的村庄睡了
还有村庄的男人和女人
一样的赤身裸体
但是，孩子们，还有
那一匹嚼草的瘦马

却在乳色的月光中
兴奋地晃来晃去

这是三月的夜晚
所有冰雪都已融化
春天从地底下长出
我的村庄被染成墨绿
与远山叶子般闪闪发光
拥着我，还有我的灵魂
前面，是一百间温暖的房子

诗 人

我
是
诗人
因为
我
会
写
诗

我
识得
汉字
我能
把汉字
组成词
或者短语
甚至句子
然后
把词句
分行排列

我
想象丰富
用词平实
追求意象
不顾羞涩
信手拈来
自成一绝

有时候
我写一朵梨花
有时候
我写一只羊羔
有时候
我写一抹口水
有时候
我写半边身体

当然
高兴的时候
我
什么都不要
只用一些
词组
或者
短语
就能

构成一些
句子
入诗
成集

然后
花一些钱
借几位名人
拉几个企业
搞几次沙龙
朗诵
签售
发行座谈
媒体推介
等等

这
就是
我
成为
者名
诗人
的
简单
经历

无字书

——兼与青蓝格格谈生死

从古至今
人生的字典里
本来，只有两个字
一个是生
一个是死
生，是五百年
死，是十万八千里
生死有命，不过
是一次没有方向的
坎坷浪漫之旅

生，是春天
死，是冬季
我们活在，生与死的
夹缝里。这短短的夏与秋
五色纷呈，七彩各异
我们，应该感谢
时间的馈赠
生命的美丽

活在这一本字典里
一生，只是一首受伤的诗

灵魂，需要格外珍惜
生，是一声啼
死，乃一叹息
都是与生俱来
行走的血丝
除了刻骨铭心，爱
如甲骨文，埋在土里
生死之外
这一本斑斓的书
根本无字

向南，向南

向南，向南
今夜，南在远方
远方在南方之南

从北方出发
一路向南
南方与北方之间
只一颗心的距离
一条遍体鳞伤的铁轨
在夜色中悲伤蜿蜒

多少生命如风之轻
如你，明天飘向何方
只一颗心的沉重
一夜叮叮咣咣的轰鸣
碾压着疲惫的心房

向南，向南
北方的冰雪
南方的冻雨

都是春天出窍的灵魂

今夜，在时空的隧道里

冷冷地愁眠

依水而居

今夜两点。日子含糊不清
我们额头发烧，内心平静
琴弦安放于船头，手指笨拙
水声失音。看烛影摇红
池底裸露少年之美，有谁
愿意伴我在黑暗处呻吟

我们喜欢，而且只好依水而居

此时，诗歌是一支救命的笛音
喉咙里的火，脉管里的血
强盗般的歌声，毒剑出鞘
苦涩，自由，和绿色悬于头顶
你看，渴望是一匹贫穷的瘦马
被夜的虚伪诱惑，凌空独行

感谢水，让我们相睦为邻
我的渡口架设在记忆的对岸
你的码头修筑在等待的下游

每一次出发，我们总是相隔一道眼神
归去来兮，善万物之得时，也许
敷热结痂的伤口，天明依然启程

游王莽岭

于是我强迫自己走进山中
山中的风景与我想象的不一样
与别人眉飞色舞描述的也不一样
其实山中风景正好
阳光明媚，秋风温暖
所有的叶子一半墨绿，一半金黄

等待的时间太长太长。所有人
晃动的影子都是一堵高墙
我知道，自己是一位孤独的远者
走进王莽岭，已经走进一座教堂
许多神话埋在岩壁深处。天空
降临一只飞鸟，对着十字架歌唱
我举不起虔诚的手，无法打躬作揖
我打不开秋天厚重的语言，无法悲伤

在王莽岭上，我只剩下一只空空的胃
还有一支弯曲的拐杖。别人的
笑声，落进我挑剔的目光。我
只想回去，回到出发的始点

重新准备好帐篷，粮食，以及纯净水
怀揣一纸梦想，打马上路
信马由缰

梦见一只蝴蝶

昨夜，误入庄周的花园
看见一只蓝色蝴蝶
停在一朵红色的云上
振动沉重的翅膀

一对翅膀有一千道光芒
一对翅膀有一万斤重量
一对翅膀的影子落下
地面上长出一道蓝色的墙

夜，孤单而简陋
花朵在根的底部隐藏
所有幼稚的记忆，慢慢复活
在荒凉深处渐次开放

突然想给蝴蝶起一个名字
比如“过客”，比如“虚幻”
比如“寂寞的舞者”“受伤的翅膀”
或者，“会飞的花朵”“栖落的希望”

庄子告诉我，让蝴蝶
再飞一会儿吧，不要打搅
它的轻盈、灵动和忠贞
是博尔赫斯“面前的月亮”

雪

一个人住在旅馆。深夜
被一场大雪惊醒
世界空无一物
我的声音在床上
雪的声音在雪中
窗台流浪着一只猫
叫声停留在凌晨四点钟

打开一盏灯。白光
是一束野蔷薇
开在寂静的枝头
春天浅薄，在冰下慢如流水
游动的鱼是一本书
更像是唐代的一名女子
在我思想的缝隙滑过

窗外雪花飘得轰轰烈烈
落入铁色的泥土
沉默

我们在黑夜中相互活着

黑夜是一间黑屋子
没有门，也没有窗子
我，和你，在屋子里
面对面坐着。我们
彼此陌生。又熟悉

黑夜永远是背景
上演着一出出话剧
斗争时时发生
友谊时时建立
爱情在屋子里虚拟

月亮迷失在空中
所有隐喻的光
就是我们的眼神
和语言，甚至每一次心跳
我们互为黑暗，就这样
在黑夜中相互活着

黑 洞

寥廓的夜。无边的暗
真实的存在，永恒的居穴
丢失了钥匙的枷锁
出口隐藏在降生前的路上
星星是暗夜的雨
冷风吹着无边的号角
虚无搁浅在织网的日子里
唯一燃烧的花朵，繁荣
或凋谢，像一盏旷古的马灯
吊挂在空寂的枝头

到处是墓碑。呼吸
沉睡，失忆，死亡
微笑是坏天气的流行病
有人放浪形骸，手捧泥土
亲手把自己埋葬
阳光被血色滋养、涂染
那孤独的光亮翻来覆去
在无底的深渊熠熠生辉
所有被照亮的部分
都栖居在向日葵的巢窠里

怀　念

我居住在乡下
我有一间旧房子
阳光，风，蝴蝶，麻雀
窸窣的老鼠，流浪的狗……
都可以自由自在地进进出出
花开在屋檐下
猫睡在窗台上
来来往往的邻居都非常熟悉
老围墙。老水井。老磨盘
老柳树。老炊烟。老时光……
隐忍四十年的乳名被妈妈叫着
一口黑色的老铁锅里
淡淡地飘着五谷的浓香

立冬之夜

一场雨下了三天。霜雪
如约而至。满地破碎的玻璃
与缤纷的落叶争夺高度

万物都经历过了悲喜
今夜，月光抚慰着青草
我的爱情在浅薄的雪中沉溺

我是一个敏感的人。一个词
如同一片雪花，光芒万丈
可以笼罩我的一生。你看

在嘴唇渴望嘴唇的日子
复活的阴谋，虚伪的诗句
都携带着黑夜的背景

我是一个提灯赶路的人
在寒风穿透栅栏之前，我听见
一辆马车疾驰，沉重地呼吸

破 译

夜色漫过四野。眼睛
是此时唯一的光亮
仅有的愤怒，被一句谎言
锁住。无法入梦
找不到那个真实的自己

尘世往往令人捉摸不透
一半是阳光下的影子
一半是镜子中的风雪
说爱与不爱，都只是一种表述
如同青春的时光依旧会老去

上帝之手，撕不开冰冷夜幕
众神，在词语里一个个沦为摆设
等待黎明之人，注定孤独
我在孤独的存在中，用神的黑色
密码，破译灵魂孤独的真相

心血来潮

今天早晨，我七点零五分起床
洗脸，刷牙，喝水，上厕所
完成一套常规动作，已经七点半
餐桌上，早点很丰富，也很可口
苹果，核桃、红枣，牛奶，包子、鸡蛋
一吃就多。大脑缺氧，又想睡觉
突然心血来潮：出去散散步吧
不远就是工地，路东一片
路西也一片，一片热火朝天
脚手架上，工人们正专心致志地作业
像一只只黑色的鸟，落在高压线上
手里的工具飞铙扬钹，音律杂乱
而又和祥。我心血来潮地想
他们，是用这种方式等待早餐
其实，我以前见过农民工兄弟的早餐
一双筷子，叉着两三个大馒头
一只洋瓷碗，盛着一碗白开水
有个别兄弟偶尔奢侈一下，买
一袋榨菜，或一根火腿肠，或者
一桶方便面——这一桶方便面

吃完，剩下的汤汁，留到下一顿
还能泡着就几个馒头下咽
我心血来潮，突发奇想：我能不能
跟农民工兄弟来一个“变形记”
起码让我知道，今天他们吃什么早饭
正好一位农民工兄弟过来，我问
你们已经上工了？他边走边说
已经上了两个钟点！轻轻回头
微微一笑，匆匆走向简易茅厕
我看见：他好像几天没有洗脸了
他满口牙齿发黄发黑，笑起来
像一朵盛开的向日葵，也很饱满
我心血来潮，翻来覆去想了一遍
他们这样讨生活，不会也是心血来潮吧
春夏秋冬，东征西讨，南征北战
突然想起两句话：“谁诅咒命运
谁就是软弱而堕落的人”
而“你的善良必须有一点锋芒。”

到此一游（组诗）

在凤山天贞观

这一次，四月的丁香里
我又见到你。故地重游
阳光旧暖，山河换装
三十年漂泊的心
在你柔软的幻象里
停止

世事，包进七彩的丝绸
人心，印上五色的香纸
这蓝天这白云这熏风这暖阳这烟火
这苍松翠柏这红墙绿瓦
这楼殿洞庙这亭台阁榭
这曾经被亵渎的钟声鼓点
这曾经被遗忘的经声咒语
这沸沸扬扬的人群都是空的

我是一生游荡的香客
我是心秉丹诚、排遍栏杆的那个人

此时，忏悔的经文低沉肃穆
我带着众生的脸，带着众生
虚浮与安静的心
点蜡上香打躬作揖叩首闭目
默诵：无量寿佛

安国寺

石州自古安吉
皇宗国戚山寨王爷清吏端臣
此为“清净处”“三佛同殿”
千年的烟火不断
滚滚红尘也搁在古刹之外
清灯，青灯；古事，古寺
红墙与红墙
“菩提本无树，明镜亦非台”
世间繁华如风似雨
拂去头顶檐角的尘埃
铜铃失声，但从不生锈
大雄宝殿只是一生的江湖
洞悉人世的一切
容纳人世的一切
宽恕人世的一切
而那些红男绿女
不抱典籍，不问因果
只焚香燃蜡，三叩九拜
在一些泥巴塑像中寻找自己

我有千千偈语
不谙尘缘，不羡神仙
在此，心即近佛

金阁寺

后面一匹神马
前面一尊神仙
“嗡嘛呢叭咪吽”
“嗡嘛呢叭咪吽”……
如来深厚低沉的佛音
一晃一千五百多年

兰若山这么高
庙宇殿这么多
泉水叮咚，山风拂面
像我这样的过客
如何走完这长长的路
如何走出这神秘的境
“阿弥陀佛”……
那千万株左扭的龙柏
已长成绿色的拐杖

游白马仙洞

白马非马
一个善良的故事
代代相传
落地生成一出戏
悲喜哑剧
主角都是对弈高手
桦木棋子
黑白分明
背离洞外灰色格局
没有棋盘的战场
是温柔的厮杀

那么一个小小洞口
穿越几千年时空隧道
大幕随时徐徐开合
出将入相
传奇在不断延续
观棋不同看戏
观棋不语真君子
看戏无言不内行
白马为白色
王质为何质
白马是仙度王质的坐骑

游客无几

都是文化苦行僧侣

山石峰乳都不说话

一朵白云刚好从洞口飘过

犹如一朵莲花在净水中沉浮

而那一匹白马

正寂静地隐入一方巨石

故　乡

我是故乡走失的孩子
只把哭声和欢笑留给了故乡
我和故乡彼此寻找着

故乡，走成一条消瘦的河
故乡，站成一朵落色的花
故乡，长成母亲一对塌陷的乳房

我从故乡走出来
四十多年了，一路走着
至今还没有走回去

石膏山断想（外一首）

蛰伏一亿多年。神之液
豢养着你，成熟为
一头雪白的豹子

莲池净身。千古帝王粉墨登场
依次穿过灵沁古道
你是一只温顺的坐骑

江山如此多娇。恰似
这遍山红叶烂漫，冬去春来
粉饰红日高悬的国度

我渺小如你掌旁一粒草芥
随芸芸众生，登临神游
朝山拜谒。我佛心中在

梵音响处，福地洞天
我邀来三十二位白衣大士
陪伴你，蜗居灵魂深处

拥抱灵石

真的不能再美了！哦，上帝
每一座山都感觉呼吸
每一条沟都感觉舞动
每一片叶子都感觉热情
每一块石头都感觉温暖

我羞愧于自己无知
羞愧于自己蹒跚来迟
更羞愧于自己不解风情
错过五百年回眸一次的旷世约定

习惯于尘世的熙来攘往
抵不住秋风诱惑，你的静谧
我欣然应邀，一路灿烂而来
为一颗神来之石虔诚膜拜

从静升古镇，到王家大院
从石膏山，到红崖峡谷
从介林，到资寿寺
你深藏浅露，大美不言
扼杀所有渺小的欲望

小心翼翼不够，诚惶诚恐不够

亲近你，触摸你，拥抱你
千回百转的骨骼
红白妖娆的肌肤，和灵魂
苍苍之色，铮铮之声
我像一个莽撞的中年汉子
胆战心惊，慢慢地解开
一位未婚女子的裙装
落荒而逃

五月，去看槐花（外一首）

不说天空湛蓝深远
不说山坡翠绿泛香
不经意间，来到石楼
小蒜镇，教鹏焉村
来到五月的拐弯处
在人海中，推开一扇窗
仰望头顶热烈的阳光
照耀着四十多万亩野生的
槐花，忙忙碌碌的蜜蜂
铺天盖地的梦，闪电的花
装满一座俗世中的天堂
此时，我发现自己
开始深刻地爱上了大地
爱上了大地燃烧黑暗的火
以及怀孕的夏天，报喜的鸟
许多人，像我一样浅薄
内心的伤痛，愈来愈轻
灵魂的寂寞，愈来愈浅
像那一只露珠般的蜜蜂
飞着飞着，就轻轻地落在

明媚的槐花之上

又见槐花

小时候，在故乡的小院
我种下一个梦：风起云涌
白玉般的槐花，一定是我的情人
而世事沧桑，人间刻薄
营养不良的日子，消瘦了你的影子
春夏秋冬，斗转星移
我总是路人，你总是隐者
一样在异乡的深谷漂泊
安静，沉默，失语，孤独
唐诗宋词元曲里的风骨
你开放在乡野，我行走在城市
一生过半，相遇在尘埃里
我不说想你，不说爱你
我的欢喜，在五月的高梯上坐着

在北田的日子（组章）

1

在北田，所有的日子
都是美好的
世界不大，风情万种
从东到西，一棵树
紧挨着另一棵树
从北到南，一朵花
相拥着另一朵花
风，有女人的甜味
在它们中间走来走去

夜，是美好的
昼，也是美好的
泉水是两只眼睛
松竹是一群影子
走来走去的风
是张开羽翼的灵魂

2

露珠在草尖上呼吸。鸟声
滑落，在光焰中
光阴里的故事或长或短
一群飞舞的精灵
绽放出明亮的星星
弯弯曲曲的小径，每一个尽头
都有一盏闪烁的灯

我是路人，也是归客
风，晃动时间。每一株小草
都长出翅膀，长出光芒
我，是一只最卑微的火鸟
或者，那一颗，最丑陋的星星
在大地上，洒下，最孤独的
影子

3

窑洞前挂着红红的灯笼
许多圣贤的名字，刻在门上
找了一遍又一遍，我听见
自己的乳名，暗淡在故乡的上空
你，盘腿坐在院中的石磨上
留下言语，留下笑容，留下回忆
我们手拉手：从悬铃木下走过

左右都是高高的台阶。我们
被一本教科书托起，悬在空中
没有人知道这是个秘密
我们原地打转，相携，纠缠
把喷血的火焰射向彼此的胸膛
我们发现：每一堵墙都是一道门

4

突然就下雨了。小小的空间
秩序大乱。有的人
躲在丁香树下，似乎
找到了心中的菩提
有的人，狂奔在水泥路上
好像黑暗中正奔赴前程

闪电划过头顶
泥土松软，草木梳妆
金娃娃萱草晃动着身姿
躬成一个个被雨水打湿的诵经人
不喜不悲，不聚不散
把前世与来生的词语
瞬间，沉默为一道偈子

5

北田的夜晚，天空宁静
房屋孤独。有酒的诱惑

四周，都是绿，绿得像火
有燃烧的欲望。在墙角
一个人坐下来，身体像琥珀
藏着很多旧事物。时间
顺着血管爬行，梗阻
直到细碎的声响传来
风一吹，湖面涨成大海
一群失眠的虫子慢慢远去
这铺满浮华的尘世，一再散开
恰似一场宏大的叙事
在石头上，在水面上，在叶子上
以民歌的形式，轻轻滑过

6

在北田，在国家电网这个小院
我见证十一天的美好时光
清风和鸟鸣跳跃在枝头
蝉声响亮，把夏日推向高潮
一张脸，在另一张脸上微笑
一颗心，在另一颗心上说话

我胸中藏有一百部经书
词语与词语自由组合
万物，用生命梳理着虚无的白发
我体内长出一千株草木之心
云朵，在水面上发芽

星星，滑落到石头上开花
我的血液中奔腾着一万匹骏马
蹄声阵阵，东拼西杀
踏碎尘世的罪恶，影子的虚假

我迷失于一场梦。看见大地的舞台上
一场雨，吞没另一场雨
一束光，穿透另一束光
一种声音，先于一切，金子般
敲开闪电的天空，成熟的庄稼
一重山河袈裟，覆盖另一重山河袈裟

让我们诗意地生活着

（后 记）

曾经有多少次，朋友们都这样问过我：你为什么要写诗？每每听了朋友们的问话，我也会不由自主地问自己：我，为什么要写诗？这一问题，一直困扰了我好多年。

我写诗，大概开始于20世纪80年代，当时还是上初中。也许仅仅是一种喜欢与爱好，于是开始了写诗。不过，当时写的多的，还主要是近体诗；写现代诗歌，已经是高中以后的事了。而我的第一首现代诗歌的发表，记得是1989年，叫《走近黄河》，发表在《山西日报》上，从此，对现代诗歌的钟情与执着一发不可收拾。

但是，“我为什么要写诗？”回答这一问题却一直成为对我而言比写诗都难以完成的事。我只坚信一句话：诗歌是一束光！所以，她照耀着我，引导着我，让我在孤独而欢欣的道路上彳亍前行，并懂得了珍惜。慢慢地，我便对诗歌，对为什么要写诗，有了渐深的理解。

记得德国哲学家、20世纪存在主义哲学的创始人和主要代表之一马丁·海德格尔说过，“天地间自从有了诗，人类便不再绝望。”我知道，文学是对生命非凡意义的“关照”。蕴含人生意志、呈现生命力的作品，尤其是诗歌，是我们每一位写作者追求的涅槃；作品是否具有勃勃恒久的生机，也许时间，也只有时间，才是最公正的裁判。历史走进今天，我们越来越明显地发现，诗歌已经越来越成为一部分人的生存方式。只有通过诗歌，我们才能感知活着的抚摸和针灸——如果不是这样，就不能解释我们对诗歌的爱，和诗歌对我们的回报。海德格尔是个哲学家，他在哲学的思辨中困守了一辈子，最终幡然醒悟，以诗歌的形式写下了一句世界性名言：“人，诗意地栖居在大地上”。这句话，似乎让人类找到了灵魂的归依之所，使人类对这个地球的赖以生存，变为一种多姿多彩、赋予诗意的生活。而诗人，作为诗歌的生产者，应当是幸福的。尽管，诗人的幸福，只能是精神领域的幸福。所以，我们应该诗意地活着，以此表示对诗歌的感激。

回到生活中，我们会发现，这么些年来，是诗歌伴随着我们一直在成长，许多写诗的朋友、读诗的朋友、爱诗的朋友，也都在伴随着诗歌一起成长。但是，人活着，各有各的不同的生活空间、生存环境和成长过程。诗歌不可能成为生活的必需品，它的营养，也不是每个人都需要吸收。我们也会发现，诗歌是一种相遇，你可以在第一次相遇的时候，就喜欢上它，并私订终身；但是有更多的人一辈子不看诗，不谈诗歌，照样可以活得健康、滋润。因此，诗歌只是对我们而言！对于热爱诗歌的我们来说，诗歌可能就是故乡，就是故乡的土地，就是故乡土地上的阳光、空气和水分。记得一位诗人这样写道：“诗歌并非来自强大 / 它只是风与水的流动 / 要在石头的阻挠上 / 唱出血一般 / 柔软的伤口来”。这就是诗歌与我们的关系，这就是我们热爱诗歌的原因，这就是我们写诗的动机和归宿。

我们在写诗、读诗，我们在工作、生活。因为我们知道，诗歌是人类精神生活的灯塔，是人类语言智慧的闪光；诗歌也是人的精神滋补。好的诗歌能抵达人的心灵，能够成为人们的精神归宿，成为人们前行的烛光。诗歌和生活是一对永远不能分割的意象。

诗歌与民生关系密切。民生是和谐社会之本，诗歌和其他形式的文学作品一样，使命之一便是关注民生，倾听民声，吟叹民意。时代和生活时刻在召唤着诗人，激发着诗人的灵感，叩击着诗人的良知。诗，应当成为发现美的眼睛；美，源于一种崇高感，崇高感源于一种敬畏之心。我们应该时常怀着一颗敬畏之心，去想象、去发现、去创造。当然，任何想象、发现、创造都不能离开生活的土壤，高于生活首先要源于生活。这里的关键是有真情实感，而不是故弄玄虚。中国是诗歌的国度，几千年前，古人就喜欢作诗。古人作诗讲究比、兴、赋。其中的“比”，就是比喻，就是借代，就是源于生活，高于生活。这就要求我们作诗的人不能满足于当摄像机、传声筒，有闻必录，有声必传。而是要展开想象的翅膀，甚至“异想天开”。“飞流直下三千尺，疑是银河落九天”，庐山瀑布在李白眼里成了天上的银河；“若把西湖比西子，浓妆淡抹总相宜”，美丽的西湖在苏东坡笔下成了千古美女；“何方可化身千亿，一树梅前一放翁”，陆游干脆把梅花喻作了自己……诗人有了丰富的想象力，诗作才有强烈的感染力。按部就班，中规中矩，亦能出诗，但很难出好诗、出奇诗。

所以，诗歌创作的最高境界应该是朴实无华、雅俗共赏。诗歌应当忠实于自己的内心，忠实于人性，忠实于道德，忠实于崇高，忠实于真、善、美。但更重要的还是内心要有诗意，要从工作生活中发现诗意，创造诗意。有时一个小小的举动，小小的想法就能让生活诗意盎然。诗意地栖居、诗意地生活，其实是我们大家共同的追求、共同的理想。作为诗人，我们应该对生活、对生命有所担当。但愿我们的生活更加富有诗意，但愿我们生活的这个世界更加美好！

其实，无论写诗、读诗还是爱诗，我们都是生活中的精神富翁，我们的生活永远没有绝望。在诗歌的国度吟唱，在精神的世界遨游，用诗情点燃的火把，不仅温暖自己，也照亮着他人。

以上这些，是许多诗歌爱好者，甚至诗家的共识和心声，或许，是诗歌创作者的宣言。我有理由相信他们。我在我的诗文博客以及前一本诗集《零度左右》里表达过这样的诗歌观点：诗歌，是思想和情感火花的突然喷发，是自由和沉默的最高表现。我如是说，也如是做。

我知道，我们必须对诗歌怀有感恩和敬畏之心。

让我们诗意地生活着吧！

所以，我爱诗；所以，我写诗。

作者

2018 年 5 月